戴潍娜 / 主编
陈家坪 王东东 叶美 / 副主编

LIGHT 光 YEAR 年

大道行思　海天出版社（中国·深圳）

图书在版编目（CIP）数据

光年：世界中的世界 / 戴潍娜主编．— 深圳：海天出版社，2018.1
ISBN 978-7-5507-2232-3

I. ①光… II. ①戴… III. ①诗集－世界－现代 IV. ①I12

中国版本图书馆 CIP 数据核字（2017）第 314676 号

主　　编：戴潍娜　　　　　　　　装帧设计：彭振威
副 主 编：陈家坪　王东东　叶美　封面肖像／插画：高远（《塔社》阿非工作室）
校　　对：陈志伟　　　　　　　　技术支持：浪波湾工作室
新媒体编辑：曼曼　　　　　　　　媒体支持：凤凰读书　腾讯文化

光年：世界中的世界
GUANGNIAN: SHIJIE ZHONG DE SHIJIE

出 品 人：聂雄前
责任编辑：王媛媛
责任技编：梁立新

出版发行	海天出版社
地　　址	深圳市彩田南路海天综合大厦（518033）
经　　销	全国新华书店
印　　刷	北京宏伟双华印刷有限公司
开　　本	787 毫米 ×1092 毫米　1/16
字　　数	291 千
印　　张	20.5
版　　次	2018 年 1 月第 1 版第 1 次印刷
定　　价	68.00 元

策　　划：大道行思文化传媒有限公司
地　　址：北京市海淀区蓝靛厂南路 55 号金威大厦 707—708 室（100097）
电　　话：编辑部（010-51505219）　　发行部（010-51505079）
网　　址：www.ompbj.com　　邮箱：ompbj@ompbj.com
新浪微博：@大道行思传媒　　微信：大道行思传媒（ID：ompbj01）
大道行思公司常年法律顾问：天驰君泰律师事务所律师冯培，电话：010-61848179

海天版图书版权所有，侵权必究。

海天版图书凡有印装质量问题，请随时向承印厂调换。

目录

transboundary
越界

003　我的话少于百合花——查尔斯·布考斯基诗选
　　　伊沙、老G 译

016　烂醉——查尔斯·布考斯基的低俗诗歌
　　　亚当·柯尔施 撰文　王子瓜 译

026　与天使的抗争——雅罗斯拉夫·塞弗尔特诗选
　　　张曙光 译

051　"人们必须从头讲故事"：塞弗尔特回忆录拾余
　　　雅罗斯拉夫·塞弗尔特 撰文　远洋 译

contemporary
当代国际诗坛

073　卡罗尔·安·达菲诗选
　　　陈黎、张芬龄 译

100　阿巴斯·基阿鲁斯达米诗选
　　　黄灿然 译

110　弗朗西斯·雅姆诗选
　　　树才 译

121　兹别格涅夫·迈克耶诗选
　　　李以亮 译

129 理查·威尔伯诗选
    马永波 译

136 罗伯特·洛威尔诗选
    胡桑 译

144 维贾伊·瑟哈德里诗选
    远洋 译

151 拉塞尔·埃德森诗选
    车邻 译

157 麦克·厄尔·克雷格诗选
    李栋 译

163 金·阿多尼兹奥诗选
    梁余晶 译

175 托尼·巴恩斯通诗选
    二人 译

184 瓦斯科·波帕诗选
    夏超 译

image
影像

193 恐怖袭击之后的巴黎面孔
    陈家坪 撰文　崔岳峰 摄影

essay
随笔

207 鲁瓦河口札记（2004年11月—12月节选）
    宋琳 撰文

retranslation
重译

225　叶芝生前未发表的少作
　　　傅浩 译

poetics
诗学

249　未来的反叛
　　　奥克塔维奥·帕斯 撰文　陈东飚 译

sinologist
汉学家

268　《光年》对话雷立柏：拉丁文化与中国传统
　　　萧轶 采访

dialogue
谈话录

279　奥登谈王尔德
　　　王东东 译

biography
诗人志

287　世界中的世界
　　　斯蒂芬·斯彭德 撰文　叶美 译

perspective
全球诗歌动态

309　英国当代诗歌杂志介绍
　　　梁余晶 撰文

315　附录：译作者

transboundary

越界

我的话少于百合花

——查尔斯·布考斯基诗选

伊沙、老G 译

查尔斯·布考斯基与译作者伊沙 高远 画

查尔斯·布考斯基
（Charles Bukowski，1920—1994）

美国当代最为著名的作家之一，美国后现代主义诗歌大师，被尊为"新海明威"的"酒鬼诗人"。生前长住洛杉矶。著有诗集、小说数十种。

友好的建议给许多年轻的男士

去西藏

骑骆驼

读圣经

把你的鞋染蓝

长胡子

在纸制独木舟上环绕地球

预订星期六晚上的工作岗位

只用你嘴的左边咀嚼

娶个只有一条腿并用一把直剃刀刮脸的
女人

把你的名字刻在她的手臂上

用汽油刷牙

白天睡觉,夜里爬树

做一名僧侣,喝大号铅弹和啤酒

在水下昂起头来拉小提琴

在粉色蜡烛前大跳肚皮舞

杀死你的狗

竞选市长

住在桶里

用斧头打破你头

在雨中种下郁金香

但是别写诗

我所尽知

我所尽知如斯:乌鸦吻我嘴
静脉缠结于彼
大海由血构成

我所尽知如斯:手伸展出去
我双目紧闭,我耳朵紧锁
天空拒绝我的尖叫

我所尽知如斯:我的鼻孔滴下梦想
猎狗将我们圈起,傻瓜们哈哈大笑
时钟滴答出死亡

我所尽知如斯:我的双足悲伤于此
我的话少于百合花,此刻我的话被浓缩了:
乌鸦吻我嘴

工作

梵·高削掉了他的耳朵
把它给了
一名妓女
她把它扔掉
怀着极端的

厌恶

梵，妓女不要
耳朵
她们想要
钱

我想那便是为什么你是
如此伟大的
画家：你
不懂
诸多
他事

安静干净的布衣少女……

我所认识的全是妓女、前妓女
女疯子。我看见安静的男人
文雅的女人——我在超市里看见他们
我看见他们一起正在走过街头
我看见他们在其公寓里：人们
和平相处。我知道他们的
和平只是一部分，但有
和平，常常持续几小时几天的和平

我所认识的全是避孕药、怪胎、酒鬼
妓女、前妓女、女疯子

当一个离开
另一个到来
比其前任更糟

我看到那么多男人和安静干净
身穿粗布衣裳的
少女们在一起，她们的脸不似狼獾
或掠夺成性

"永远不要把一个妓女带在身边，"我告诉我的
几个朋友，"我会与之坠入情网"

"你无法忍受一个好女人，布考斯基"

我需要一个好女人。我需要一个好女人
多过我需要这台打字机，多过
我需要我的汽车，多过我所需要的
莫扎特，我太需要一个好女人了，那样的话
我能够在天空中品尝到她的味道，我能够用我的指尖
触摸到她，我能够看到人行道上的建筑物
因为她的脚正走在上面
我能够看到枕头当作她的头
我能够感受到我等待的笑声
我能够看到她正抚摸着一只猫

我能够看到她睡着了
我能够看到她的拖鞋在地板上

我知道她的存在
但是她在这个地球上的何处
会像妓女们一直在找我吗?

干净老头

在此
还有一周
我就 55 岁了

我将
写点什么呢
在无需站立太久的
早晨?

我的评论家
会喜欢
当我的运动场
缩小成
乌龟
和气壳星

他们甚至可能
会说
这是大好事
对于我

犹似我
最终
抵达了我的
意义

美少女穿过墓地……

我在信号灯下停车
我看见她走过墓地……
当她穿过铁栅
我通过铁栅可以看见
我看见墓碑
绿草坪。

她的身体在铁栅前移动
墓碑不动。

我想,
难道无人目睹此景吗?

我想，
她看到那些墓碑了吗？

如果她看到了
她就有我所没有的智慧，
因为她貌似忽略了它们。

她的身体在其魔法的流体中
流动
她的长发被下午 3 点钟的阳光
照得闪闪发亮。

信号灯变
她穿过马路向西
我驾车向西。

我驾车到达海边
走出车子
上上下下来回跑步
在大海面前跑了 35 分钟
看到这里那里的人们
都长有眼睛和耳朵和脚趾
和其他各种部位。

似乎无人去关怀。

大隐于市

在我房间的森林里无所事事
与钨金的树木同在,猫头鹰煮沸咖啡,
戴金色头巾的织物在窗上,
盯向外面遁入地狱;
香烟呼吸:完美的雕像,
别塞太饱或在咆哮的癌症里
转过身来;
沿着军刀齿引擎和车轮
爬到气态尽头;
我的树木用猴子的韵律爬着
爬出来穿过天花板
打破电视天线和
罐装笑声的沉闷嚎叫,
罐装的幽默,罐装的死亡;
无所事事,无所事事在这片森林里,
马蹄兰、青草、石头,
所有夜晚都对准没有轰炸机的
和平或面孔,
我梦着石头梦,
青草梦,
河流奔腾穿过我的
手指骨
一百五十年流逝,
离开砂粒的炮弹和黄金和
镭

被愚蠢的鱼，

举起，翻转

抛下，

高举沙子的微粒

在我的睡梦中……

猫头鹰吐出他的咖啡，

我的猴子摘去胡言乱语计划的芽儿，

还有我的墙，

我的墙有助于忍受这捆绑。

这便是为什么葬礼总是如此悲伤

他工具俱全，但人很懒惰，激情

全无，女士们耗尽他的感觉、他的

感情，他只想开他

俗丽的车子

一个月干一次上蜡的活儿

扔掉他的鞋子当它们

被磨损

但是

他有最好的右手

在这件事上

他的左勾拳可以在一个男人的肋骨上打个洞

如果我能让他干这个

但是

他没有上帝该死的想象力
他名列前茅、
但五音不全。
他制造金钱
但一切离他而去。
有一天他不能干了
甚至一点点
现在他在干。
他取胜的想法仿佛他还能扒下
许多女人的内裤。
并且
他是冠军。
当你看到我冲他尖叫
在他的一角
在局间休息时
我努力唤醒他面对事实
时间是现在。

他只是冲我咧嘴一笑：
"地狱，你揍他，他是个
婊子……"

你毫无办法，表哥，多少
人
能做到
但
没赢。

完成

我们像玫瑰
懒得开放
待到太阳
等不及了
我们才怒放

冰献给鹰

我保留着对马的记忆
在月亮下
我保留着喂马的记忆
用糖
白色方糖
更像冰块
他们有头
像鹰
秃头,可以咬
但没有

这些马群比我父亲
更真实
比上帝更真实
他们可以践踏我的

双脚，但他们没有

他们可以制造千奇百怪的恐怖

但他们没有

我差不多5岁

但我仍未忘记

哦，我的上帝！他们强壮而优秀

那些红色舌头流着口水

从他们灵魂里流出来

烂醉

——查尔斯·布考斯基的低俗诗歌

亚当·柯尔施 撰文

王子瓜 译

> 死亡没能削减布考斯基的产量；这是他的第九部死后出版的诗集，并且未来还会有更多。死亡也没能改变他的风格：这些新的诗歌正像那些旧时的诗一样，也许存在略多一些的重复，但不会立刻被看作是二流或废弃的作品。一段惊人高产的死后生活正是布考斯基所指望的。

第三版《诺顿现当代诗选》中的诗人们是依照年庚排列的，其中，我们可以看到生于1920年代的这一代人，包括霍华德·奈莫洛夫（Howard Nemerov）和艾美·克莱皮特（Amy Clampitt），他们形成了一支实力强劲的队伍。假如你去浏览任何大型书店的诗歌区域，你大概都能找到一两本非常受人尊敬的获奖诗人的诗集。但是，有一位诗人你并不能从正典化的诺顿选集中找到，可他却占据了每一位美国诗人书架上的大量空间，他就是查尔斯·布考斯基。布考斯基的书组成了巨大的方阵，它们有着质朴的封面和血红的长标题："爱是一只地狱冥犬""弹奏电子蓝调如同打击乐器直到手指开始流一点血"，它们给人留下了文坛中一个冷血、很可能还是好战的帝国的印象。

布考斯基本人和他许许多多的读者却非如此不可。布考斯基文学事业的引路人、黑雀出版社的创建者约翰·马丁曾经这样解释道："他不是一个主流作家，也将永远不会拥有主流的公众。"照此，他的书卖了数以百万计，被译成十多种语言，这对于布考斯基来说真是一件怪事，毕竟他获得了自埃德加·A·盖斯特这类民谣歌手备受欢迎的前现代时期以来，美国诗歌中几乎从未有过的商业成功。然而，非主流——至少从诺顿选集和其他绝大部分的选集那里可以看出来——这种感觉正是构成布考斯基魅力的不可或缺的部分。他属于那类每一位新读者都会怀着犯忌的激情去发现的作家。

对于一个依靠那些短暂存在的地下刊物建立名声的诗人而言，"布考斯基狂热"却是在互联网上得到了最绚丽的呈现。专为他而建的网站有成百上千个，不仅仅是在美国，还在德国、西班牙、捷克、瑞典。正如一个粉丝所写：在初次阅读之后，"从布考斯基先生那里，我感受到了一位灵魂伴侣的存在"。这类亲密的告白在布考斯基的崇拜者中间十分普遍。在亚马逊网上，他的书目下的读者评价，看起来像是混合了情书和聆听布道后的感言："他所说的话总是能精确地击中我，每次我读到某些地方，我就会哭泣。""这本书是对我的人生产生最大影响的诗集之一。"还有最坦率的说法："我讨厌诗歌，但我热爱布考斯基的诗。"

如今，粉丝们不可能再打电话给布考斯基，或者顺道去他洛杉矶的家里拜访，那个他居住了大半生的地方。但彼时，1994年，在他因白血病去世之前，粉丝们却可以这么干，并且他们真的这么干了，其频繁令诗人感到恭维，即便倦怠不堪。正如1981年他对一位记者所说的那样，"我收到了太多关于我的写作的来信，他们在信里说'布考斯基，你如此糟糕，但你幸存下来。我决定不自杀'……所以某种层面上说我拯救了一些人……我并不想要拯救他们，我没有拯救任何人的欲望……看到了没？这就是我的读者。他们买我的书——失败者、疯子和受诅咒的人——我为此骄傲。"

这种自夸和抱怨的混合恰恰镜照出布考斯基诗歌的风情，它孤僻厌世，同时又有一种情同手足的亲切；它放肆粗俗，同时又有一种秘而不宣的敏感。热爱他并相信他也会以爱相报的读者，懂得如何去重读这些咆哮般的诗，就拿《戏水》来说：

>愚蠢，我的耶稣基督啊，某些人太蠢了，你可以听到他们在自己的愚蠢之中戏水嬉闹……我想要逃跑并藏起来我想要躲避他们那吞噬的虚无。

布考斯基的粉丝们明白那个"某些人"，就像E.E.卡明斯的"大多数人"，或者J.D.塞林格的令人讨厌的"伪君子"那样，从来不是指我们，而总是指他们——那些不具备足够的感受力来理解我们或者我们至爱的作家价值的人。这是一种典型的青春期情绪，而三位作家对青少年恰恰都拥有一种特殊的影响力，这绝不是一个巧合。此外，这三位作家都表达了这样的观念，如果厌世者真能透彻地理解我们，他将会欢迎我们的朝圣。像霍尔顿·考尔菲尔德所说的，"真正打动我的书是这样的，当你读完了它，你会希望它的作者是你的好朋友，你可以在任何你想的时候打电话给他。"类似的，布考斯基也许会宣称他对人类的轻蔑，并对那些不断入侵他私生活的人发出警告——"我从未欢迎过响自一台电话的／铃音"，他在《电话》一诗中写道——他还用他的电话号码为另一首诗起了标题，《4620614》，并且将它处理成像是一次公开的邀请：

>我并不依靠知识写作。当电话铃响起时，我也希望听到一些也许能够抚慰它的话。这就是为什么我抄下我的电话号码。

布考斯基给人留下的并非就是这种满腹牢骚（cri de coeur）的印象。在写作五十来本书的过程中，他化身为一个虚构的粗鲁的人，进入荒诞故事中——争吵者、赌徒、流浪汉和妓女的同伴，饥渴如大海的酒鬼。（通过1987年的电影《酒鬼》，这一传奇得到了更广泛的注意，电影中布考斯基的形象由米基·洛克扮演）。在他大量的自传体小说和一些诗中，他为他的第二自我取了一个浅显易懂的笔名：汉克·柴纳斯基（译注：Chinaski 一词中藏有"中国"的英文名 China）——布考斯基的全名是小亨利·查尔斯·布考斯基，他的朋友们都叫他汉克——但由于他总是以第一人称的方式书写，柴纳斯基这一角色同布考斯基这一人物之间的界限就渐渐模糊了。这种模糊事实上正是布考斯基魅力的秘密：他将自白派诗人对于隐私的承诺，同一个低俗小说式主人公超然的从容结合在一起。

布考斯基的诗最受青睐的并不是他独特的语言艺术，而是他讲述自身冒险传奇故事时持续不停的分行，像是一本漫画书或者系列电影。它们具有强烈的叙事性，从奇闻轶事中获取无穷的营养。通常，这些事件会涉及一家酒吧，一个贫民区旅馆，一场赛马，一个女友，或者它们之间任意的置换。布考斯基的自由诗体事实上是将一系列陈述句拆解为一条狭长的纵列，即便语言充满伤感或者是老生常谈，这些短行仍然能够给人一种迅疾和简洁的印象。这种效果就像是某个传说中的硬汉，类似菲利普·马洛（译注：推测为钱德勒笔下的私家侦探）和保罗·班扬（译注：推测为美国传说中的伐木巨人）的结合体，正要坐在你旁边的高脚凳上，请酒吧里的所有人喝上一杯，然后开始讲他经历的故事：

> 我是那个卑鄙而疯狂的白皮肤家伙，肚子里满是幽默、笑料和赌博。我和一个丝袜美腿的尤物住在一起。我整晚酗酒打架，是本地酒吧的灾难。

这几行出自《当时和现在》，是布考斯基最新作品集《懒散地走向涅槃：新的诗歌》（由 Ecco 出版，售价 27.5 美元）中的一首诗。死亡没能削减布考斯基的产量，这是他的第九部死后出版的诗集，并且未来还会有更多。死亡也没能改变他的风格：这些"新的诗歌"正像那些旧时的诗一样，也许存在略多一些的重复，但不会立刻被看作是二流或废弃的作品。

一段惊人高产的死后生活正是布考斯基所指望的。早在1970年，他就这样写给他的编辑："试想，有一天在我死后，他们开始追捧我的诗和小说，你手里将有一百篇小说和一千首诗。亲爱的，你真不知道你有多幸运。"在接下来的四分之一个世纪里，仰仗布考斯基近乎写作狂的多产，他们的盈余的确增长了许多。"我通常一次写十首或十五首（诗）。"他说。他将写作行为想象为一种同打字机之间令人着迷的战斗，正如他在《冷而黑的空气》一诗中所写的："现在我在它旁边坐下并且**凶狠地砸它**，我不是轻轻地／触摸，我是**凶狠地砸它**。"

酒精是这些诗歌爆炸的燃料，它经常充当主题："我认为当我完全清醒的时候我从没写过一首诗。"他对一个采访者说。他拒绝将诗的概念定义为一种艺术品，一种由劳动和修改而成的事物。1950年代，笼罩在新批评的风潮下，隐喻概念颇为流行，而与此正相对立，当布考斯基开始认真写作——主要是写作《加工精美的骨灰盒》和《口语的图标》的时期——他很快就形成了完全属于他自己的独特写作图示："它必须像热气腾腾的大便那样，在一场畅饮之后的早晨产出。"

这种粗野正是布考斯基魅力的重要构成部分。他本人的生活，正如诗中所展现的那样，至少能满足一个青春期男孩对成年生活的幻想，那里没有人会叫你整理房间，或者在早晨催你起床，又或者在你醉倒之前就让你放下酒杯。然而，对于这个神话来说关键的是，感情用事和酩酊大醉，还增加了布考斯基对女性的吸引力：

> 你是一头野兽，她说，你巨大的白肚皮和那双满是汗毛的脚，你从不剪你的指甲……野兽野兽野兽，她亲吻我，你早餐想吃什么？

这些诗提供了同一种同情共感的愿望的满足，这种满足感别的读者可能从间谍小说或者警匪片里得到,通过它们对无拘无束的男子气概的夸张模仿。(在一首诗中,布考斯基承认了这种类同,他吹嘘道:"不要相信这种流言蜚语:/ 妖怪没有死。")布考斯基最好被作为精于技术的类型作家被阅读。他之于诗歌,正如赞恩·格雷之于小说、安·兰德之于哲学——对现实的浓墨重彩、道德上不复杂的漫画化。他为类型写作做出了两个最重要的贡献,连贯性和丰富性:一旦你被引诱进入布考斯基的世界,你会产生一种舒适感,知道你再也不会离开它一刻了,因为总是会有另一本书可以读。

同他产生于生活中的问题,他以某种方式将生活化为艺术的转换相比,布考斯基的作品提供的快乐消逝得更加迅速。有一段重要的故事在他的传记、诗和小说中被反复重写,因而任何读者都能很快了解到这故事的大致轮廓。举例来说,在《懒散地走向涅槃》一书中,《衣服要花钱》一诗讲述了布考斯基有关一名叫作霍夫斯泰特尔的同学的童年记忆。每天从学校回家的路上,这个孩子都会被打,结果却只得到他母亲的斥责:"你弄坏了你的衣服 / 又一次!/ 你不知道衣服 / 要花钱吗?"(译注:原文大写)这和布考斯基有关他童年的小说《火腿黑面包》中的一段经历完全相同,里面的那个倒霉男孩叫大卫:"大卫!看看你的短裤和衬衫!……你为什么要这样对待你的衣服?"

两个版本的故事事关重要的都是孩童的暴行与父母残忍的冷漠;并且,这些似乎是布考斯基本人童年经历的主题。他生于德国,父亲是德裔美国军人,母亲是德国人,三岁的时候这一家人搬到了洛杉矶。笼罩他整个青春时期的沮丧感,最初便是来源于他的父亲。他的父亲常将自己的挫败发泄在他的妻子和孩子身上。布考斯基描述了可怕的殴打,他的故事里孩童遭受虐待的原因往往只是轻微的过失,比如修剪草坪的时候遗漏了一片草叶。布考斯基进入青春期的时候突然长出了所有人都会长的粉刺,他将它们视为他无助受苦的征兆:"被毒害的生活终于从我身上爆发出来了。在那里,它们——所有被压抑的尖叫——以另一种形式喷发出来。"

这一童年的缺陷使布考斯基成为一个乖戾、不友好的孩子。但是他的孤独中有另一种元素,一种他很少详述的东西——先天的敏感和睿智,正是它们引发了他文学野心的萌芽。这是大多数诗人传记的标准配件,但是它尴尬地适应于布考斯基神话,作为一个硬汉,布考斯基不断地声明他对单纯书呆子气的蔑视。"莎士比亚对我没有任何作用,"他对一位采访者说,"那些上流社会的屎让我厌烦。我和它没关系。"他的书都声称要绕开柔弱、挑剔的艺术——"我们都已经对句子中变得微妙的措辞和谜语感到厌倦",他向另一位采访者这样声明——并且要深深扎入生活本身之中。

尽管如此,在另一些场合,布考斯基也自供曾是一个非常书呆子气的年轻人:"在十五岁到二十四岁之间,我肯定读完了一整座图书馆。"他的书信(迄今为止已经出版的四卷)展示出他对整个现代小说和诗歌史的精通。他戏仿过艾略特("布考斯基老了,布考斯基老了 / 他套上他的啤酒罐的底部 / 卷起裤腿"),援引过托马斯·曼(在《懒散地走向涅槃》中有一首诗的题目是《错乱少年愁》),争论过屠格涅夫和托尔斯泰的优缺点(他偏爱前者)。最令人惊讶的是他居然欣赏新批评,要知道他是多么愉快地违背了新批评有关复杂性和非个人化的美学理论。"我知道《肯庸评论》应该是我们的敌人,"1961 年他对一个朋友写道,"但是那些文章在大多数情况下,可以说是很合理,并且我几乎想要说,它们堪称富有诗意、令人振奋。"

事实上,布考斯基的文学事业开端于对传统意义上的文学成功的热切追求。他曾在洛杉矶城市学院修读创意写作班,并且疯狂地写作,正如他在《梦的燃烧》中自嘲式的回忆所说的那样:

> 我每周写三到五篇短篇小说,它们全都从《纽约客》《哈泼斯》《大西洋月刊》那里被退了回来。

他的贫穷、忘我,还有他来自洛杉矶的底层背景,在这些方面,年轻的布考斯基非常像约翰·芬特的短篇经典《问红尘》中的主人公阿图罗·班迪尼。这本书是布考斯基偶然在洛杉矶中心图书馆的书库里发现的,并给他留下了深刻的印象。(数十年之后,当布考斯基变得著名而芬特被遗忘,正是他的辩护使黑雀出版社将芬特的作品重新带回印刷机）。在战争期间，当他由于心理原因而被划入"4-F"类（译注：选拔征兵制不合格者），布考斯基走遍了这个国家，没有钱，做卑微的工作，住在廉价旅馆里——但是一直写作。在 1946 年，他甚至取得了相当大的成功，那时他在文学杂志《作品选辑》中发表了作品，名字同亨利·米勒和让-保罗·萨特列在一起。

但是在那之后，传奇如此展开，布考斯基完全放弃了写作，成为了一个全职酒鬼。在接下来的十年里，他流浪的足迹遍布美国，最后又一次回到洛杉矶；他酗酒、嫖娼、打架，把时间花在工厂的地板和监狱里。他频繁地回忆起费城的一家酒吧，在那儿他允许酒保为了取悦顾客们而痛打他，借此他可以从早晨五点坐到凌晨两点并得到免费的酒。奥德赛般的下层生活之于布考斯基的诗歌，正如梅尔维尔的南海旅行之于他的小说：它是一个充满了冒险传奇和奇闻轶事的取之不尽的宝库，也是一枚象征着真实性的徽章。

一旦布考斯基回归他的天职，成功就缓慢但确定无疑地到来了。他在一些杂志的读者中变得小有名气，并出版了一系列小册子和限量版书籍。不过，尽管他的名望与日俱增，他仍然坚持着邮局职员的工作，这个工作的屈辱他曾详细地写在他的第一部小说《邮局》里。1970 年，当约翰·马丁答应支付他一百美元的月津贴，以换取黑雀出版社出版他的作品的权利，他写作生涯的转机才真正到来。这项协议对于出版商和作者而言都是一场豪赌，但是事实证明它取得了极大的成功：在布考斯基去世的时候，他每月的报酬已经高达七千美元，同时还有十九部书正在印刷。

不过，这次交易也可以被视为布考斯基在文学上缺乏自信的标志。布考斯基并不是每写完一本书就交给他的出版商，而是直接将他所有的作品都寄给马丁，紧接着由后者选出新书的篇目。"他甚至不知道我会把什么放进去，"在 1998 年的传记《查尔斯·布考斯基：锁在疯狂的怀抱中》里，霍华德·桑恩斯引用了马丁的这句话，"他根本不关心。"这听起来不像是现代出版业会发生的事，现在作者、编辑和代理人都固守着他们自己的口味。这反而像是典型的 19 世纪"农夫诗人"约翰·克莱尔同他的出版商之间的那种准封建的关系。克莱尔同样也将他所有的作品寄给他的编辑——"泰勒与赫西"的约翰·泰勒——并收到一笔定期的津贴作为回报，这是两位当事人在社会地位和世俗精明上深刻不平衡的标志。但是，从这样一个协议中可以预见，克莱尔和泰勒最终展开了一场激烈的争吵。而布考斯基和马丁却自始至终保持着亲密、信任的同伴关系，黑雀出版社不断出版布考斯基的书直到2002年马丁退休；接着布考斯基的目录被卖给艾柯出版社（Ecco），它原有的独立房屋现在属于哈珀柯林斯出版社。（具有讽刺意味的结果是，布考斯基，这个极度底层的诗人，现在得到了鲁伯特·默多克的出版）。

布考斯基不仅在他的事业上给人一种不安的印象——感觉上就像他对一个朋友写道的那样，不太"像一个作家……而像某个曾滑倒的人"。同样的感受在他对复杂性和难度的自卫式的蔑视中被更明显地暴露出来，在他看来，这些文学价值好像是那些失去生命力的教授们对真诚、用功的读者们开的一个玩笑。"容易的就是好的，而困难的就是眼中钉。"布考斯基对一个记者这样声称；或者，又有一次，"有人曾问我我的生活理论是什么，我说，'不去尝试。'这也同样适用于写作。我不尝试，我仅仅打字。"

仅仅打字使布考斯基实现了很多。他变得富裕而有名，成为诸如西恩·潘和麦当娜这些艺人的朋友，成为传记和纪录片的主题。在他最后的诗歌里，他驾驶宝马汽车、同诺曼·梅勒共饮的快乐是如此真实，以至具有相当的感染力。他仅凭他的写作热情和畅销，便逃离了贫穷和卑贱工作，这是一个神话。"我展示出我的勇气，"像他所说的，"然后神终于给了我答复。"在文学意义上，布考斯基同样取得了极其罕见的成就：他创造了一个巨大、完全与众不同、且被广泛热爱的文学世界，今天大部分的诗人做梦也想不到能取得这样的成就。当大部分诗集都不能分发出去的时候，布考斯基永远位列书店最常被偷窃的名单里，这就是他广受欢迎的确证。

布考斯基及他的作品也有错过一些可能的伤感。他偶尔会煞费苦心地将他自己同一个清晰的文学传统联系起来，写下他对陀思妥耶夫斯基、哈姆森、席琳和加缪的赞赏——有关现代人之异化的经典文学、描写底层生活的传记作家。他尤为喜爱哈姆森的《饥饿》,这部小说讲述了一个因贫穷和野心而发狂的年轻作家的故事。布考斯基几乎比任何美国诗人都要更接近于这位主人公的经历。我们有充分的理由相信,他新书中的《饥饿笔记》一诗正是他个人的生活经验的体现:

> 大概在第四天你开始感到仿佛醉酒一般恐慌平息你睡得很好:12到14个小时,还有最不同寻常的是你会持续排泄。视觉变得更加敏锐所有事物看起来都前所未有的清晰。

不过,同哈姆森的差别恰恰暴露了作家布考斯基保留着多么传统的观念。他的作品中不存在任何同《饥饿》中这段情节的相似之处,哪怕稍微像一点的也没有:饥饿的主人公在公园的长椅上遭遇了一位老人,开始编起关于他老板的谎话,并且极富想象力:他的名字是 J·A·哈珀拉蒂,他发明了一种电子祈祷书,他曾是波斯的首脑……这个老人耐心地接受了所有这些令人吃惊的故事,甚至还提出一些礼貌的问题,这让叙述者陷入了愤怒:"'该死的,你怎么不觉得我坐在这儿一直在用谎话对你狂轰滥炸?'我发狂般地叫道。'我打赌你从不相信有一个叫作哈珀拉蒂的人……你对待我的方式我很不习惯,直截了当地说,我不吃这套,上帝啊帮帮我吧!'"

这段滑稽的暴怒看起来确实要将我们推向疯狂的边缘:哈姆森,像陀思妥耶夫斯基那样,展现出疯狂的最可怕的征兆是自尊的丧失,一种羞辱自己同时也羞辱其他所有人的强烈欲望。这正是布考斯基从未经历过的冒险。即便在他最平凡的时候,他也是他的小说和诗歌中的英雄,那些总是央求着读者隐秘赞同的主人公。这就是为什么他如此容易便能获得热爱,尤其是对不了解诗歌真正难度所在的新手读者而言;这也是为什么在那些有着更高要求的读者那里,他一直难以被欣赏。

与天使的抗争

——雅罗斯拉夫·塞弗尔特诗选

张曙光 译

雅罗斯拉夫·塞弗尔特
（Jaroslav Seifert，1901—1986）

是当代捷克斯洛伐克最重要的诗人。他一生中总共出版了三十九部诗集，主要有《泪城》《全是爱》《信鸽》《裙兜里的苹果》《维纳斯之手》《穷画家到世间》《妈妈》《铸钟》《皮卡迪利的伞》《避瘟柱》《身为诗人》等。除了诗歌创作，塞弗尔特还译过法国诗人阿波利奈尔的作品，创作出版过《极乐园上空的星星》《手与火焰》《世间万般美》（1983）等文集。塞弗尔特于1996年获得捷克斯洛伐克"人民艺术家"的称号。1984年，因展现出"人类不屈不挠的解放形象"而获诺贝尔文学奖。

雅罗斯拉夫·塞弗尔特与译作者张曙光　高远　画

与天使的抗争

上帝知道谁最初创造了
那个阴郁的形象
并谈到了死亡
既然有生命的幽灵
游荡在我们中间。

可那些幽灵真的在这儿——
你不会错过他们。
这些年来我已在我的周围
搜集了一大群。
但是我在游荡着的
他们所有人中间。

他们是隐秘的
而他们的无言
和我的无言合拍
当傍晚围拢着
而我变得孤独。
不时他们制止我写作着的手
当我不正确时,
并驱散一个有害的思想
那是痛苦的。

他们有的是如此黯淡
并模糊

我在远处看不见他们。
然而，那些幽灵中的一个，是玫瑰红色
并且哭着。
在每个人的生命中
会有一个时刻
那时所有事物突然在他的眼前变黑
他强烈渴望着用他的双手
接受一个微笑的头。
他的心想要被拴在
另一颗心上，
即使被深深地缝合，
虽然他的嘴唇无非是期望着
落在那个午夜的渡鸦
安顿着雅典娜的地点
当未经邀请它落下去拜访
一位忧郁的诗人。

这被称作爱情。
是的，
也许这就是它！
但它确实很难持续长久，
更不用说一直到死
如同就天鹅而言。
爱情经常相互替换
像你手中的一副纸牌。

有时它只是一阵喜悦的震颤，

更经常是长久和强烈的痛苦。
在其他时候是全部叹息和泪水。
而有时甚至是厌倦。
那是最悲哀的一种。

过去有时我见过一个玫瑰红的幽灵。
它站在一所房子的入口
面对着布拉格火车站,
不断地被烟雾缠绕。

我们习惯坐在靠窗子的地方。
我握着她柔美的双手
并谈论着爱情。
我长于此道!
她死去很久了。
红灯闪烁着
沿着铁轨向下。

当风刚一吹起
它就刮走了灰色的面纱
而铁轨闪闪发亮
像一排排巨大的钢琴。

不时你也会听到蒸汽的呼啸
和火车头的喘息
当它们带走人们悲惨的渴望
从肮脏的月台

到所有可能的目的地。
有时它们也带走死者
回到他们的家园
以及去他们的墓地。

现在我明白了为什么会如此痛苦
对从手上扯下手
从嘴唇扯下嘴唇,
当缝线扯破了
而警卫砰地一声关上
最后车厢的门。

爱情是一场同那位天使的永恒抗争。
从黎明到夜晚。
没有怜悯。
那对手经常更强大。
但那样的人是不幸的
他意识不到
他的天使没有翅膀
也不会祈福。

一把来自皮卡迪利的伞

要是你对爱情不知如何是好,
就试着再一次爱上

比如，英国女王。
为什么不！
她的相貌印在那个古老王国的
每一张邮票上。
但要是你请求她
在海德公园约会
你可以打赌
你会白白等待。

要是你有一点辨别力
你会明智地告诉自己：
啊，我当然知道：
今天海德公园下着雨。

我在英国的儿子
带给我一把伦敦皮卡迪利
精致的伞。
只要在需要时
我的头上就有了
一小片自己的天空
它也许是黑色
但它的骨架轮辐
流动着上帝的怜悯如同
一道电流。

我撑着我的伞即使没有下雨，
像一个天篷

遮住那本在我衣袋里
随身带着的莎士比亚十四行诗集。
但也有这样的时候，我甚至
被宇宙闪烁的花束所惊吓。
超出它的美
它用它的无限威胁着我们
而这实在太像
死后的睡眠。
它也用千万颗星星的
空虚和冷漠威胁我们
这些星在夜里哄骗着我们
用它们的微光。

我们命名为维纳斯的那颗
是全然可怕的。
它的岩石仍然在沸点上
就像巨大的波浪
群山正在升起
而燃烧的硫黄的落下。

我们总是在问地狱在哪儿。
它就在那里。

但一把脆弱的伞怎能
对抗着宇宙？
此外，我甚至没有带着它。
一份工作足以使我

紧贴着地面
行走着
像一只夜蛾在大白天
紧贴着粗糙的树皮。

我全部一生都在寻找着天堂
它曾经在这里,
我找到过它的踪迹
只是女人的嘴唇上
在她们肉体的曲线中
当它因爱情而热烈。

我全部一生都在渴望着
自由。
最终我发现了通向它的
那扇门。
这是死亡。

现在我老了
一些迷人的女人的脸
会不时漂浮在我的睫毛中间
而她的微笑将搅动我的血液。

我羞怯地转过头
并想起英国女王,
她的容貌印在那个古老王国的
每一张邮票上。

上帝保佑女王!

哦,是的,我很清楚:
今天海德公园下着雨。

莫斯科

小步舞已很久不被跳起,
竖琴已很久失去它最后的听众。
古老宫殿中的陈列橱柜
成了那些死者的墓碑。

这里是战场,
克里姆林染血的宫墙仍在露着牙齿,
为我们作证吧,你们死去的,
埋葬在丝绸中的人们。

杯子里没有了美酒,
旗子降到了过去,
一柄剑回想着
它是从谁的手中落下。

锈蚀的指环,发霉的王冠,
一件香气依旧的胸衣,
死去王后破碎礼服

和没有眼睛的面具，死亡和诅咒的容貌。

宝球，权力的象征，落在了地面，
一颗虫蛀并且腐烂的苹果。
一切都结束了，一切都在金色的圆顶下结束，
死亡正守护着历史的墓地。

一副副盔甲，空得如同金色坚果的外壳
在设计绝伦的地毯上，
而帝国的四轮马车驶回过去
没有马，没有灯，没有乘客。

有蛛网丝的苹果树

深红色的苹果
压弯巨大的树干像一把竖琴，
被秋天配上了蛛网丝，
敲钟并歌唱，
　　　我的演奏者！

我们不是来自生长橘子的土地，
那里绕着爱奥尼亚圆柱爬着葡萄
甜得胜过了
　　　罗马女人们的嘴唇；
我们的土地只有这棵苹果树，剧烈地俯身

　　　　由于年龄和果实。

下面坐着一个人
　　看着这一切——
巴黎人的夜晚，意大利人的中午，
　　　克里姆林宫上的一轮冷月——
然后回家去追怀。

　　一支唱出的曲调
一首会在那些蛛丝上
被奏出的安静从容的歌曲
　　在我的耳中回响。

而美在哪里被发现，
　　群山，城市，大海？
而火车载你去哪里寻找平静
去治愈仍然疼痛的伤口？
哪里？

　　而女人们的眼睛，
她们的乳房，起起伏伏
会在强烈性爱的梦里震撼你的大脑，
　　它们没有诱惑你？
一个意味深长的声音呼唤着你：
　　你的土地太小！
　　你保持着沉默
当那诱人的声音对你们中的漂泊者

讲起？中午过去了，
我从那棵古老的树上摘下一个苹果，
吸着它的香气。

独自一人并且远离
女人的笑声和女人的泪水，
待在家里，独自一人，
伴着你耳中熟悉的树的歌声。

哎，一些愚蠢女人的空洞的美
价值抵不上一只苹果。

少女内衣的舞蹈

一打少女的内衣
晾在一根绳子上，
花的饰带绣在前胸
像哥特教堂中的圆花窗。

主啊，
请你免除我的所有罪过。

一打少女的内衣，
那是爱，
洒满阳光草地上天真少女的游戏，

第十三件，一个男人的衬衫，
那是婚姻，
结束于通奸和手枪的射击。

风拂过这些内衣，
那是爱，
我们的大地被芬芳的微风拥抱着：
一打轻盈的躯体。

那一打明亮空气形成的少女，
正在绿色的草地上跳舞，
那阵风优雅地模拟着她们的躯体，
胸脯，臀部，肚子上的圆涡——
快些睁开，噢我的眼睛。

不愿扰乱它们的舞蹈
我轻柔地滑过内衣的膝下，
而当它们中有一件落下
我贪婪地吸着它的香气
用牙齿咬它的胸脯。

爱情，
我吸吮着并以此作为食物，
解除了魔力，
连接着我们梦境的爱情，
爱情，
尾随我们升起又落下：

一无所有,
却又是所有的一切。

在我们的电气时代
不被命名的夜总会成为时尚
而爱被注入我们的轮胎。
我的有罪玛格德琳,不要哭泣:
浪漫的爱情耗尽了它们的火焰。

信念,摩托车,和希望。

鼠尾草花冠
——给弗朗基谢克·赫鲁宾[1]

正午正在临近,宁静
被苍蝇的嗡鸣声割断
仿佛它们带着钻刀。
我们躺在萨扎瓦[2]河边的草丛,
喝着在森林泉水中
冷冻的夏布利酒。

---

1 **弗朗基谢克·赫鲁宾**(1910—1971),捷克诗人,翻译家,剧作家,新闻记者。
2 **萨扎瓦**,布拉格以南的河流。

LIGHT YEAR 光年

　　一次在科诺皮斯切城堡[1]
　　我被允许察看
　　一把陈列着的古代匕首。
　　隐秘的弹簧只是在伤口中
　　会弹出三倍的刀刃。
　　诗歌有时也是这样。
　　也许它们不是很多
　　但难以从伤口拔出它们。

　　一首诗常常像一位恋人。
　　他很容易忘掉
　　一时轻声许下的温柔诺言
　　和他残忍地对待着的
　　最脆弱的优美。

　　他有权去劫掠。
　　在美的
　　或恐怖的旗帜下。
　　或二者共同的旗帜下。
　　的确这是他的使命。

　　事件自身交给他
　　一支现成的笔
　　用它的笔尖他会令人难忘地纹下

---

[1] 科诺皮斯切城堡离布拉格四十公里，是一座 13 世纪末按法式城堡风格建造的哥特式堡垒，1887 年被 Franz Ferdinand d'Este 公爵购买并且改建成一座宫殿。

他的启示。
不是在胸前的皮肤上
而是直接刻在
因血液而悸动的肌肉中。
但爱不只是玫瑰和心,
也不是一次航海或历险,
也不是一把杀人的刀子,
也不是一只至死忠诚的锚。

那些愚蠢的符号撒谎。
生活早就超越了它们。
现实全然不同
还要更糟。

因此饮着生命的诗人
应该吐出所有的辛酸,
愤怒和绝望
胜过让他的歌变成叮铃响着的铃铛
挂在绵羊的脖子上。

当我们喝足了酒
从压平的草地站起,
一群光着身子的孩子从岸上
跳进我们下面的河中。
他们中的一个年轻女孩,
有着浅白色头发
戴着湿润的鼠尾草花冠,

趴在一块大石头上
伸展在它被晒暖的表面。

我被吓了一跳：
            上帝啊，
她不再是一个孩子！

模 特

真希望他们用围毯裹着我
把我带回到画室，
到温暖的炉火旁。
再把热潘趣酒灌进我的喉咙。

我赤裸地站在这里的阴影中
听凭那位大师
为了描绘冬天
在冻得发紫的身体上
抓住准确的色调。

他，我听说，一直寻找着
像我这样有着红头发
和蓝灰色冰冷眼睛的人。
要是我有着乌黑的头发
和像耗子一样的红眼睛

我就不会站在这儿。

而他也不会在我身上
披上那些透明的织物。
那么慢，那么郑重。
一次，捕捉住我胸脯的轮廓——
是的，我有很好的胸——
那么下一次我的大腿该出现
鸡皮疙瘩。
每一次这位教授会稍稍退后，
然后改变料子的皱褶，
而我被继续冻着。

继续吧，你这老傻瓜！
你穿着冬天的靴子和皮大衣
而我在这光着身子
披着一件薄薄的、透明的破布。
我的背可以承受寒冷
但风从正面吹向我
而在我前面有着两团冰；
仿佛有谁正把针刺进
我的乳头。

你到底想要了解女性身体的什么？
女人的腹部是优雅的
当我们在那下面感到寒冷
那可是一场长时间的灾难。

和你的画进地狱吧,

和你的皇家包厢休息室进地狱吧!

我冻得要死是为了艺术?

和你民族剧院进地狱吧!

你将赢得你的声望

而我会得肺炎。

一个死亡喜爱的理由

并频繁发生,在你不知道的情况下。

别站在那思考了,画吧

或我将从你手中夺下调色板

并把它踩在雪地上。

我还不够紫,你说?

尽管我的牙齿咯咯响着

像在木偶戏《潘趣与朱迪》[1]中的骨架。

这样还不够?

真希望你待在你的巴黎!

最后一个离开街道的女孩

不会为你摆出这样的姿势。

但那是一个适于各种荡妇的地方,

准备做任何事情。

真希望他们带来那块围毯,

---

1 《潘趣与朱迪》,英国木偶戏,也译为《笨拙与朱迪》。

那粗糙但暖和的围毯。
真希望他们会来。

夜莺的歌

我是声音的捕手和录音带的
收集者。
我听着猎人们发出的号角
在每一个短波波段。
让我向你展示我的收藏。

夜莺的歌。它广为人知,
但这只夜莺
是聂鲁达听过的那些中的一个
当布拉格年轻美人都把头转向他时。
被加在这录音上是一个绽开的蓓蕾
放大了的声音
当玫瑰的花瓣开始舒展。

这里还有几盘阴郁的录音:
一个人死亡时的喉音。
这录音完全可信。
灵车的吱嘎声和马蹄
在铺路石上发出的节奏。
然后是在约瑟夫·霍拉葬礼上

民族剧院奏出的庄重的号角声。
所有这些我靠交换得到。
但那盘磁带
"在我母亲棺材上冰冷的大地"
是我自己录的。

接下来是谢瓦利埃和米斯丹格苔,
迷人的约瑟芬·贝克
带着一串鸵鸟的羽毛。
在更年轻些人中优雅的格雷科和马蒂厄
带着他们的新唱片。

最后你将听到热情的低语
两个不知名字的恋人的。
是的,那些话很难听清,
你只能听到叹息。
然后突然的沉默
被另一个终止——
那瞬间
疲惫的嘴唇粘住
疲惫的嘴唇。

这是一个宁静的瞬间,
不是一个吻。

是的,你也许是对的:
性爱之后的寂静

就像是死亡。

失乐园

那片昔日的犹太公墓
现在是一片灰色石头的花束
时间在上面践踏着。
我曾在坟墓间穿行着，
想起了我的妈妈。
她过去经常读着《圣经》。

排成两栏的字母
在她的眼前涌出
像血出自一个伤口。
油灯闪烁着，冒着烟
妈妈戴上了她的眼镜。
有时她不得不把它吹灭
用她的发夹弄直
炽热的灯芯。

可当她合上眼睛时
她梦想着乐园
那时上帝还没有用武装着的
小天使守护着它。
时常她沉入睡眠，书本

从她的膝上滑落。

我那时仍然年轻
我在《旧约》中发现
那些关于爱情的迷人诗篇
并急切地搜索着
那些乱伦的事件。
当时我还不曾想到
那么多的柔情被藏在
《旧约》女人的名字里。
亚大[1]是装饰品而俄珥巴[2]
是一只母鹿,
拿玛[3]是芳香
而尼科尔[4]是一条小溪。

阿比盖尔[5]是喜悦的源泉。
但假如我回想如何无助地看到
他们拉走那些犹太人,
甚至是大哭的儿童,
我仍会由于惊恐而发抖
一股寒意流下我的脊梁。

---

1 亚大,阿麦的妻子。
2 俄珥巴,路得的嫂子。
3 拿玛,拿扪人,所罗门的妻子,罗波安的母亲。
4 尼科尔,犹太女人名。
5 阿比盖尔,大卫的妻子。

洁蜜玛[1]是一只鸽子而她玛[2]
是一棵棕榈树。
提尔匝[3]是优美
而悉帕[4]是一颗露珠。
我的上帝,这是多么的美。

我们曾在地狱中生活着
却没有人敢从谋杀者手中
夺过一支武器。
仿佛在我们的心中我们不曾有过
一点人性的火花!

耶可利雅[5]的名字表示
主是强大的。
可是他们皱着眉头的上帝
凝视着铁丝网
却没有动一根指头——

大利拉[6]是精致,拉结[7]是
一只母羊羔。

---

1 洁蜜玛,约伯的女儿。
2 她玛,大卫之女,被同父异母之兄押沙龙强奸。
3 提尔匝,责罗斐哈得的女儿。
4 悉帕,雅各之妾,利亚的女仆。
5 耶可利雅,犹大王亚玛谢的妻子,亚撒利雅的母亲。
6 大利拉,诱惑士师参孙的美女。
7 拉结,雅各的妻子。

底波拉[1]是蜜蜂
而以斯帖[2]是明亮的星。

我已从那座墓地返回
当六月的傍晚，带着花香，
停留在窗子上。

---

1 底波拉，女士师、女先知。
2 以斯帖，波斯王后，曾拯救了犹太人。

"人们必须从头讲故事"：塞弗尔特回忆录拾余

雅罗斯拉夫·塞弗尔特[1] 撰文

远洋 译

> 我很清楚，一个小国的抒情诗人跟举世闻名的天才无法相比，但我还是嫉妒陀思妥耶夫斯基独一无二的经历：被判处死刑，认识到那一刻必定结束生命，接受无情的现实，然后得救，重新尝到安全和人生的甜蜜滋味，体验那可怕的一两分钟，当时间把人迅速拖向毁灭，之后却又看到时光像辽阔的美景展现在前面。

---

[1] 由于家庭贫困，塞弗尔特没有受过多少正规教育。是布拉格浓郁的艺术氛围培育了他的艺术细胞，让他迷恋上了艺术，迷恋上了诗歌。他曾与捷克诗人奈兹瓦尔和捷克理论家泰格共同提出诗歌主义。泰格的一段话说出了诗歌主义的要点："新艺术的美来源于我们这个世界。艺术的任务就是创造出可以与一切世间之美相比拟的美，用令人目眩神迷的画面和奇妙的诗的韵律展示世界美如斯。"显然，诗歌主义注重想象力，注重内心感受，要求诗歌展示世界的美和人生的欢乐。可以说，诗歌主义的部分主张影响并贯穿了塞弗尔特整个一生的生活和创作，他决意要写尽世上一切的美。在这些文章和访谈中，他饱含深情地回忆了他青少年时期的往事以及与泰格等人的交往。这段回忆录，依据英文版《雅罗斯拉夫·塞弗尔特诗选》（凯特博迪出版社，1998年出版，英译者：埃瓦德·欧瑟斯）翻译，为中文世界中首次译介。

战后重逢

[按：一九四五年三月，克拉卢比城镇在盟军空袭中遭到严重破坏。塞弗尔特孩提时代假期常去克拉卢比。恰好在战后，他重访了严重损毁的城镇。即将返回布拉格，在火车站月台上等火车。]

当突然有一个女人在我前面踏脚时，我便来来回回踱步。光是她的微笑就足以让我停下。

"你不记得我了吗？"我盯着她的脸，显然依旧很美，但被苦难和时光的流逝打下了标记。

我脱口而出："埃尔莎！"

她喜悦地把双手都伸给我。

"你真好还认识我。我的熟人都不认识我了。我立刻认出你了。那么也许我终究还没有老很多。"

埃尔莎！战前在克拉卢比曾有许多犹太人家庭，特别是在商人中间，埃尔莎就是那些家庭中的一员。

"想象一下，我所有的克拉卢比家人，我是唯一幸存的一个。现在我在这里等从加拿大来的表亲，她要我搬到那儿去。我将要走了。这里的一切都伤害我。在这里我觉得绝望。"

埃尔莎曾经是克拉卢比最美的姑娘之一。我打小时候起就认识她，但主要是面熟。我跟她仅仅交谈过两三次，而那时只不过说了一些不加思索的仓促的话。我总是羞红着脸。她住在我们附近。我被她迷住了。我会窘迫地迎接她，她用微笑向我表示谢意。这就是一切。她比我大两三岁，我从来不敢先开口。她总是阻止我。她很美。她是那么引人注目的美，就连女人们也留心看她。也许她不像第一眼看上去那样自负和骄傲，但她步态是骄傲的。我姑姑曾经说她走路像法国皇后。当然，我不知道她指的是哪一个皇后。她总是昂着可爱的头，因此看起来就像看不起其他人。

埃尔莎挽着我的胳膊，就像一个将要吐露心事的老朋友，开始激动而匆忙地向我讲述她全家黑暗的悲剧。

四年前，在泰瑞辛[1]，她的父母很快相继死亡。她和她的两个兄弟被拖去奥斯维辛[2]。婚礼之后不久，她的丈夫就被捕了，死于毛特豪森[3]。在那里他们强迫他把沉重的石头搬上许多台阶。两个兄弟都死于毒气室。轮到她时，德国人正准备在红军到达之前逃走，所以她和一些悲惨的犹太女人设法逃离，跟随着红军，踏上回家的路。解放后，几个房屋被毁的家庭占用了他们在克拉卢比被德国人洗劫一空的公寓。她跟一些她认识的人待在克拉卢比。除了出国别无选择。她无法在那儿生活，而且她也不想。她再次向我保证，因为我认出了她，她是多么快乐。

我们一起沿着月台漫步，她要我对她谈谈克拉卢比，那个她曾经快乐、年轻而且无忧无虑的地方。当我提到她曾是多么美、大家多少都为她着迷时，她先是笑笑，然后开始哭泣。

晚一点，一列火车来了。那是我将乘坐去布拉格的火车，而她的亲戚就要到了。她微笑时，她深深的黑眼睛以往昔惯常的方式闪耀出光芒。

在《地狱篇》的第五章，但丁借美丽而绝望的里米尼的弗兰西斯卡之口说：

> 在不幸的时刻，

---

[1] 泰瑞辛集中营是纳粹德国在捷克首都布拉格建立的一处集中营。1942—1944 年，在泰瑞辛集中营中被纳粹屠杀的犹太人约有 8 万人左右。18 世纪，约瑟二世建造了泰瑞辛堡垒最初，这里是守备部队聚居地，军队在这里建造了精密的堡垒，以保护波西米亚王国。第一次世界大战期间，这里又成了关押政治犯的监狱；二战期间，泰瑞辛成为犹太人贫民窟和纳粹集中营。泰瑞辛依旧保持着 40 年代的原貌。后人为了缅怀死者，在附近建立了泰瑞辛博物馆和纪念碑。

[2] 奥斯维辛集中营是纳粹德国在第二次世界大战期间修建的 1000 多座集中营中最大的一座。由于有上百万人在这里被德国法西斯杀害，它又被称为"死亡工厂"。该集中营距波兰首都华沙 300 多公里，是波兰南部奥斯维辛市附近 40 多座集中营的总称。该集中营是纳粹德国党卫军全国领袖海因里希·希姆莱 1940 年 4 月 27 日下令建造的。

[3] 毛特豪森集中营位于奥地利上奥州首府林茨附近，1938 年 8 月至 1945 年 5 月，纳粹在这里先后囚禁过 20 多万人，有 10 余万人被夺去了生命。1945 年 5 月 5 日，奥地利毛特豪森纳粹集中营里被关押的受害幸存者获得释放。

最大的痛苦

　　莫过于回忆幸福时光。

这些是众所周知、常常被重复的几行。可是，不，但丁不对。

火车停留在克拉卢比二十分钟。没有自由的轨道。不管怎样，我再也见不到埃尔莎了。雪开始从黑暗的天空降落：先是大颗粒，然后是小一些的，但越来越厚。一场猛烈的暴风雪开始了。黑暗的月台最先消失，接着是火车站，最后是整个克拉卢比，连同它所有的悲痛和苦难。再见！

许多年后，我开始翻译所罗门的《雅歌》。当我为爱的言辞寻找词语时，克拉卢比的埃尔莎可爱的脸就出现在我眼前。从几千年的死亡中浮现，径直来到我面前，而我对她吟诵这位不为人知的犹太诗人的几行诗：

　　你好像草叶中的百合。你的姿态好像棕榈树，你的乳房好像两串葡萄。你的眼睛好像鸽子，在面纱的阴影里。阿瑞丝，我的爱，我的美人儿，来吧。冬日已逝，唱歌的时光来临，听见斑鸠咕咕的叫声。你的柔膝是石榴园，里面是稀世珍果，指甲花和甘松香。你的芳唇沾满蜂蜜，你的舌下是蜜和奶。

我坐在火车里，望着车窗外的车站，除了暴风雪什么也看不见。我聚精会神、目不转睛地盯着窗外，但除了落下的雪花什么也看不见。我注视着雪花迅速地飘落，映出在这个悲哀而美丽的世界上有多少种人类的吻。当一个男人的脸靠近一个女人的脸时，爱情发明的各种各样的吻。女人们又如何呢？

有初吻和最后的吻。但为什么要开始唱这首悲伤的爱情之歌？

当情人们几乎把舌头连根拔出时，就有激情之吻。当激情把自身升华成柔情，就有爱之吻。当呼吸像无形的花朵抚摸着脸和鼻孔时，就有潮湿而火热的长吻。

有些吻让人回想起乞丐伸出的手掌，还有些吻像硬币掉进那手掌。

有些完全不顾一切的吻，不过让我们避而不谈吧。

也有些吻中嘴唇吻着女人的心。它们有注入心脏的效应。它们刺激一颗慵懒的心，把一个依然沉睡的人唤醒。如果我谈及女人的身体，也还有其他的吻。啊，上帝！

有些吻充满微笑和快乐。充满欲望的吻，以及欲望满足的吻。

我不把犹大的吻算在内。

不，一个人无法合计总数。也不能合计我透过火车厢小窗看见的所有雪花。

而且信号响了，火车开始慢慢驶近布拉格。

泰格[1]：在布拉格的死亡之舞

人们理解许多事情，我们甚至可以说一切。他们精通复杂的机器，他们比趴在打字机上的打字员更不犹豫地趴在电脑上，但常常，他们接近女人时，往往根本不理解她。我知道，你会说一个女人不是一架机器。她当然不是，可尽管如此，有些人令人非常惊讶地计算出隐形的或看不见的星星轨道的差异，但他们不理解每天在他们的轨道上遇见的女人……女人们行为和姿态的特别和独异，不为他们所理解。

就连一些作家也是这样。他们在书里令人信服地讲述女人的灵魂，因为他们熟悉心理学，但他们把自己的婚姻变成令人怜悯的海难。这对著名的、有声望的作家们来说是真实的。这些在哲理花园里漫步的人是最糟糕的。

一个女人是一个秘密，似乎是最有魅力的秘密。或许是吧？

---

1 卡雷尔·泰格（1900—1951）是捷克现代派前卫艺术家、作家、评论家，也是20世纪20年代和30年代运动中最重要的人物之一。他是20世纪20年代"旋覆花"运动的成员，并曾担任旋覆花月刊编辑和平面设计师。他的主要建筑理论之一是最小住宅（1932）。他为布拉格引进了现代艺术。在欢迎作为解放者的苏联军队之后，1948年泰格被禁言。1951年，因心脏病发作逝世。由于他发起的新闻运动，被定为"托洛茨基蜕化变质分子"受到批判，他的文章和著作被秘密警察销毁，他出版的作品被禁几十年。

我想谈谈卡雷尔·泰格的死亡，但对于几乎从结局开始，不很适当。人们必须从头讲故事。泰格本人就需要这样。

当泰格和我决定了我们要去巴黎的第一趟旅行时，他说服我，要有个裁缝给我们做件漂亮的新外套，为我国展示良好形象，无人要求我们这样，是我们自己想要的事情，而且我们会为我们的现代艺术展示良好形象。在布拉格，我们衣着破旧到处走动。

泰格认识布拉格民族大街上的一位裁缝图雷克先生，他在以前的联盟咖啡馆上面有家店铺。他不只是一个普通裁缝，并且也不便宜。我没什么钱，因此我很犹豫，但最终我凑齐交了。图雷克挑选了一种被称之为芝麻呢的灰色英国布，不久我们的套装就做好了。两星期后，我们穿着套装走在林荫道上，伴随着"令人销魂的雨点般落下的"帽子——正如蜜列娜·洁森斯卡[1]，当时还是一个时尚记者——过去常说的那样。

埃菲尔铁塔，我们会相当虔诚地祈求它，但它冷漠地凝视着我们。

巴黎即便下雨的时候也是美丽的，天气晴朗时更美。那是一个芳香的夏日，我们跟画家西玛有约。当一位最美丽的青年女子溜出我们前面的一辆轿车时，我们正在找塞吉埃街十四号。当然，一个高雅女人！她看起来好像是科莱特小说里所刻画的。她的面纱没有遮住眼睛，闪闪发光的金手镯在手腕上叮当作响。她穿着芳香的云裳一闪而过，我们那么着迷，停住脚步，面面相觑。

"遗憾我没有时间，要不然我会劝她做我女朋友。"泰格立刻说。

这让我有点吃惊，但泰格是实话实说，让我无言以对。这类事情我们从不互相干涉。

五十年后的今天，我认识到我不应该吃惊。泰格是对的。男人就是男人，就应该目标永远比他能达到的高。只有这样做，才能使美妙迷人而又不幸的

---

[1] 蜜列娜·洁森斯卡（1896—1944）捷克新闻工作者、作家、编辑、翻译家。卡夫卡的短暂情人和第一位捷克语译者。

爱情出现，那是读者们喜欢听到的爱情。

再见，巴黎。你永远不再那么美了！

我们回到布拉格，我们二十五岁左右，眼里闪烁着热情。还有渴望！可惜的是，我们只是轻微地意识到我们的幸福。不幸地，明白时已后悔莫及。

旋覆花[1]在扩展；新成员在加入。因此当泰格开始无故缺席斯拉维亚咖啡馆的聚会时，更令我们吃惊。他来无规律，去无踪影。晚上，他甚至劝我们不去酒吧，在那里，萨克斯管诱惑地发出呻吟，舞女张开她们的怀抱。

托恩——那时我们还叫她曼卡——坦率地指责泰格："你坠入爱河了，是吗？"

泰格有些忧郁地承认了。从青春时代起，泰格就曾鼓吹自由性爱的权利。婚姻是资产阶级的遗风。

在街上，我们曾经瞥过正把熨衣板拿回家的奈兹瓦尔[2]一眼。显然，他们不让他携带它乘坐有轨电车。他好像抱着一把吉他一样，看上去很搞笑。托恩爆发出笑声，泰格辛辣地挖苦。奈兹瓦尔，脸红了，狼狈不堪。

此后，生活继续，比赛，吼叫，过去了。每天我们死去一点，正如特里

---

1 捷克20世纪20年代革命运动中著名的文学团体，是卡雷尔·泰格于1920年在布拉格发起和领导的先锋派青年艺术家的组织。成员有奈兹瓦尔、万丘拉、沃尔凯尔等人。曾出版《铁饼》《集锦》等刊物。成立后的第一年在艺术形式和对待文化遗产等问题上发生意见分歧，沃尔凯尔因而于1922年退出。1927年布尔诺分社宣告解散，布拉格总社也于1930年停止活动。1934年，以泰格、奈兹瓦尔为首的一批人另行组织"超现实主义小组"，但它的活动日益背离捷克共产党的政治路线和文艺路线，奈兹瓦尔也就于1938年退出这个小组。

2 维杰斯拉夫·奈兹瓦尔（1900—1958），捷克最具代表性的超现实主义诗人。他与捷克理论家卡·泰格创立的诗歌主义流派曾影响了无数捷克诗人。诗歌主义主张诗歌从禁欲主义和理性主义中解放出来，强调艺术想象和自由联想的重要性，要求诗人通过想象力的游戏表现生之欢乐和世界之美。重要诗集有《桥》《哑剧》《布拉格的雨和手指》等。

斯坦·查拉[1]所忠告的，但无人反思过时间。我们一本接一本地出书；我们曾把诗歌装满口袋。我们想要"使资产阶级惊骇"，但看来，我们只是温和地让他们感到震惊了。他们终究不害怕我们。

一九二九年，七位作家签署了一份声明。我是其中最年轻的一个。我的朋友泰格、奈兹瓦尔、哈拉斯[2]、彼萨以及其他作者发表了一个反驳的声明，而且，其后是尤利乌斯·伏契克[3]的提议，我被开除出旋覆花。

但那时，这对我伤害不大。旋覆花在捷克文化生活上正走到它创造性使命的尽头，它的美丽而丰富的历史正接近结束。它的成员们不再需要这个以前对他们的创作有所帮助的社团。许多问题涉及到先锋派一代人曾经解决了的问题，而我们每个人成熟到足以走自己的路，不愿意被那些游戏规则戴上镣铐，这些游戏规则是我们给旋覆花制订的，泰格相当严厉地予以强制执行。

当时我们的女人们开始直接或间接地干扰我们的定期聚会，因此，桌旁空座位越来越多。

你知道这是怎么回事。假如她们想的话，女人们能把一个帝国颠覆，一个艺术社团更不费吹灰之力。但不是女人们破坏了我们社团的愉快友谊，不

---

1 特里斯坦·查拉（1896—1963），达达主义运动创始人。法国诗人。原籍罗马尼亚。17岁开始用罗马尼亚语写诗。1916年与一些青年在瑞士苏黎世组成"Dada"文艺团体，开始倡导"达达主义"。达达主义的宗旨在于反对人们认为有意义的一切事物，反对一切传统，反对一切常规，也反对包括达达主义在内的被认为有意义的文学艺术。不久达达主义的影响消失，查拉曾一度与超现实主义诗人和作家为伍。后参加法国共产党。1938年赴西班牙参加西班牙人民反对法西斯武装暴乱的斗争。第二次世界大战期间，查拉在沦陷的法国参加地下抵抗活动的文艺组织。晚年主张诗歌为革命服务。1947至1948年，先后在巴黎大学发表题为《超现实主义与战后世界》的演讲，反对坚持超现实主义的勃勒东，同时与萨特就"干预现实的诗歌"问题展开论战。查拉的文学创作以诗歌为主，主要作品有《诗二十五首》（1918）、《七篇达达宣言》（1924）、《在此期间》（1946）、《内心面目》（1953）和《玫瑰与狗》（1958）等。

2 弗·哈拉斯（1901—1949），捷克诗人。

3 尤利乌斯·伏契克（1903—1943），捷克作家、文艺评论家。生于工人家庭，在俄国十月革命鼓舞下投身革命活动，18岁加入前捷克斯洛伐克共产党，曾任党刊《创造》和《红色权利报》的编辑。1942年被捕，1943年9月8日被希特勒匪徒杀害。他写过不少歌颂苏联社会主义建设的散文、有关矿工斗争的报道和马克思主义的文学批评论文，最著名的是在狱中写成的长篇特写《绞刑架下的报告》（1945）。它揭露了法西斯匪徒对革命者的残酷迫害，描述了狱中难友们的坚贞不屈与团结斗争，在即将被送上绞刑架时，作者仍豪迈地宣称："我们为了欢乐而生，为了欢乐而死？！"

是女人们。

在奈兹瓦尔的回忆录中,他讲述,一夜又一夜,在我对我的女孩说再见之后,很晚才急匆匆地,到我以为我的朋友们会在的地方。是的,他说的没错,是那么回事。但我最想看见泰格,我总是需要跟他交谈。他是一个不知疲倦、乐于助人的顾问和朋友。

旋覆花的裂缝最伤害我的,是对我与泰格友谊的损害。我们见面越来越少,尽管最初我们俩曾努力不让这事发生。但那个时期稍后,奈兹瓦尔和泰格从巴黎输入了超现实主义,我见他们就变得更加少了。他们跟法国艺术家们建立了新的友谊,而奈兹瓦尔,带着残忍的粗鲁,全身心投入新运动的主流。泰格,他除了对超现实主义感兴趣之外,还全神贯注于现代建筑学……

对于我,旋覆花适时地变成了亲爱的,只是往日的记忆稍微有点苦涩……

泰格曾逐步为我打开现代艺术世界,一个我不曾了解而且以我贫乏的语言知识也不能了解的世界。我喜欢诗歌,但泰格教我去爱它,对造型艺术也如此。他教我怎样去看现代绘画和雕塑。他还教给我在艺术世界里必要的谨慎。并非一切自称艺术的就是艺术,也不是人们提供给我们和强加于我们的一切。

泰格跟我一起只有一件事情做得不成功。他固执然而徒劳地试图劝说我学会跳舞。他甚至亲自教我。要求奈兹瓦尔为这些舞蹈课弹钢琴。

泰格喜欢跳舞,极其专注。在他的藏书室,他曾钉着一张有加瓦尔尼[1]迷人图画的旧《图解》画报的扉页,画中,一个很年轻的女孩,刚刚从舞会归来,仍然穿着礼服,在桌子上睡着了。画下面是稍稍改动的耶稣基督的话:"会多多原谅她的,因为她跳舞多……"

泰格常常有几分不适地坐在他的书房里。他会把双腿塞进椅子里,坐在

---

[1] 加瓦尔尼(1804—1866),法国诗人、画家。

腿上。他会朗读并即时为我们翻译阿波利奈尔[1]的诗歌。就这样，我们不仅逐渐熟悉了《醇酒集》《图画诗》，而且熟悉了雅各布[2]、科克托[3]、桑德拉尔[4]、勒韦迪[5]及其他一些现代诗人的诗歌。维尔德拉克[6]美丽的《爱之书》退入背景，以前我曾那么喜欢，因为立体主义、未来主义和查拉的达达主义冲向我们，感谢泰格。

在主题书店，泰格买下所有关于现代艺术的专著。因此我开始知道毕加索、勃拉克以及所有现代法国和意大利艺术值得注意的人物。

---

1 纪尧姆·阿波利奈尔（1880—1919），法国20世纪最有特色的诗人和小说家，超现实主义文艺运动的先驱之一。他是一个私生子，从小跟随母亲在南方生活，后来到巴黎打工，从事种种小职业。他曾参加过第一次世界大战，负过重伤，这大大地影响了他的健康，致使他在39岁时过早地离开了人世。他是具有前卫精神与实验技巧的第一位现代欧洲诗人，他将绘画技巧引入诗歌写作，他创作的图象诗持续被后人争论和学习。阿波利奈尔的作品相当庞杂，最重要的是诗歌。诗集有《动物小唱》（又名《奥菲的随从》）(1911)、《醇酒集》(1913)、《美好的文字》(1918)及小说集《异端派首领与公司》(1910)、《被杀害的诗人》(1916)等。

2 马克斯·雅各布(1876—1944)，立体派诗人。犹太人。1915年改信天主教。主要作品有诗集《中心实验室》(1921)、《最后的诗》(1945)等。

3 科克托（1889—1963），法国先锋派作家、诗人、艺术家。著有诗集《好望角》《素歌》《寓意》《明暗》《安魂曲》等20余本，剧本《俄狄浦斯》《圆桌骑士》《可怕的父母》《打字机》《双头鹰》《酒神巴克斯》等17部，小说《波托马克》《骗子托马》《调皮捣蛋的孩子们》等7部，以及散文集《职业的秘密》《无名氏日记》等。他还是有成就的画家、电影编导者、舞蹈动作设计者。1955年当选为法兰西学院院士。

4 布莱斯·桑德拉尔（1887—1961），瑞士法语诗人，随笔作家。曾创造一种有力的新诗歌风格，以表现充满奋斗和艰险的人生。诗集《纽约的复活节》(1912)和《西伯利亚大铁路和法国的小让那的散文》(1913)，都是游记和挽歌的结合物。对桑德拉尔来说，诗歌就是以大胆的新手段行之于文的行动，即：用时断时续、中间有省略的节奏传达的一大堆形象化比喻、感情、联想、惊人效果和与此同时产生的印象。桑德拉尔的销售《到处旅行》(1948)赞美危险的生活。他那丰富的基本上属于自传性质的作品，对同时代人发生了强烈的影响。美国先锋派作家H.米勒认为他是"现代文学的一片大陆"。桑德拉尔于1961年获巴黎市文学大奖，同年去世。

5 皮埃尔·勒韦迪（1889—1960），20世纪初期法国著名诗人、超现实主义诗歌的先驱之一，生于纳博讷，1910年定居巴黎，与毕加索、阿波里奈、雅各布等人一起参加立体派活动，1917年至1919年创办并主编杂志《北方——南方》，该刊聚集了后来发起超现实主义运动的几位重要人物，并大量发表实验性新诗。他所著诗集总共有二十多卷，以《散文诗》(1915)、《椭圆形天窗》(1916)、《屋顶上的石板》(1918)、《入睡的吉他》(1919)、《青天的碎片》(1924)、《风源》(1929)、《破烂铁件》(1939)、《大部分时间》(1945)、《劳动力》(1949)、《彩绘之星》《死者之歌》等知名；散文集有《自卫》(1919)、《屋顶航海日记》(1948)等。

6 夏尔·维尔德拉克（1882—1971），法国诗人、作家。

马利内蒂[1]访问布拉格时，来过泰格的书房。他吹牛他曾继承某个亲戚在开罗的七家妓院。它们都非常有利可图。他声称用他的收入给意大利未来主义运动提供了资金。他也给我们复述他放纵的言论。当他复述时，他就在房间里踱来踱去，挥舞着他的胳膊，跳起来又蹲下去。他是一个非常快活而可爱的意大利人。他赞美捷克语。这是马利内蒂在其中有几个名字的唯一语言。他喜欢听带着不同的捷克语尾音的他的名字；在任何其他一种语言里，不存在这样的情形。但悲哀的是，在埃塞俄比亚战争期间，他变得声名狼藉。他从我们的心中消失了。

泰格1951年10月1日逝世。那是一个令人悲痛的秋日。

心电图说了谎。在泰格死前不久，阅读这部仪器的医生只是推断他的心脏正常运行。但不是。它运行不正常很久了。泰格的心脏是那么疲惫不堪，进行解剖的医生不相信他能靠这样的心脏活了那么长时间。

他的死是超负荷劳作的结果，而这种劳作简直不让他睡眠。他通宵达旦地写。晚上，十点钟后，他就坐在家里的书桌旁，一直工作到第二天黎明。紧迫感令他着急。他害怕完不成他的书。那段时间，他正遭受着布拉格新闻界批评家们猛烈而不公正的攻击。因为他毫无防备，许多飞短流长在他死后

---

[1] 马里内蒂（1876—1944），意大利诗人、文艺批评家，是未来主义的右翼代表。他最早的诗歌《老海员》（1897）、《征服星球》（1902）、《毁灭》（1904），是用法语写成的象征主义作品，嘲讽社会主义和民主思想。他写的未来主义剧本，如《饕餮的国王》（1905）、《他们来了》等，展现夸大的、违反理性的舞台形象和人的梦幻般的、惊恐的感觉。1905年创办《诗歌》杂志，刊登意大利颓废派的诗作，大力介绍法国象征派诗人，获得了国际声誉。1909年2月20日，他在巴黎《费加罗报》发表《未来主义宣言》，以后又相继发表《未来主义文学宣言》(1910)、《未来主义戏剧宣言》(1915) 等，提出一整套未来主义的理论主张。1913年参与创办未来主义刊物《莱采巴》。同年前往俄国旅行，宣传未来主义。他的诗歌和散文以违背语言规范的字句，以至杂乱的模拟音响，枯燥的数学符号，表达未来的"新人"力图冲破现实的牢笼焦躁不安的病态情绪。他的长篇小说《未来主义者马法尔卡》(1910) 描绘了"未来的人"的形象。"未来的人"仿佛机器，具万能的本领，但没有心灵，极端残忍，卑鄙无耻。第一次世界大战期间，马里内蒂是帝国主义战争的鼓吹者和参加者。1914年发表《未来主义与法西斯主义》，宣传未来主义同法西斯主义的亲缘关系。从1919年起，他积极参与法西斯党的活动，成为墨索里尼的帮凶。墨索里尼建立独裁政权后，马里内蒂被任命为科学院院士、意大利作家协会主席。1942年随意大利侵略军到苏联。1944年病逝。

产生，而且被那突然笼罩着他的死亡、他的名字，当然还有他的著作的沉寂所诱发。

安德烈·布勒东[1]在关于画家陶妍的专论里讲述了其中一个流言，就像真的发生过一样：他说，卡雷尔·泰格一被捕就服毒，而且正好此后他的妻子跳窗自杀。必须声明，泰格既没有被捕过，也不曾被审讯。

这些同样引人注目的事件，是有分别的。

有些女人，她们通常是更年轻的女人，有时也是更老的女人，假如不幸发生，她们的丈夫死了，从葬礼上回家并哭泣。她们哭几天。然后就擦干眼泪，给鼻子抹粉，并环顾周围世界。不，我不是责备她们。这就是人生。我站在女人们一边。

杰出的法国诗人阿尔弗雷德·德·维尼[2]，对不稳定的婚姻很熟悉，关于女人他说过，她们是激情的毁灭者。不全是！我们的彼得·贝兹鲁支[3]喜欢引

---

1 安德烈·布勒东（1896—1966），法国诗人和评论家，超现实主义创始人之一。他和其他超现实主义者追求自由想象，摆脱传统美学的束缚，将梦幻和冲动引入日常生活，以创造一种新的现实。安德烈·布勒东出生在法国的丹什布雷市，就读于巴黎大学医学院，弗洛伊德关于潜意识的概念对布勒东的作品有重要的影响。一战期间接受动员在南特的部队里当护士。1919年，与阿拉贡和苏波创办了《文学》杂志。参加达达主义运动，后退出。与苏波一起发现"自动写作"手法，并在1920年共同出版了《磁场》，这是第一部用"自动写作法"完成的作品，也是超现实主义的第一部著作。陆续发表诗集《地球之光》（1923）和《可溶解的鱼》（1924）。1924年，《超现实主义者宣言》出版，这部著作提出了诗歌的新概念，也从理论上给超现实主义下了定义。他与阿拉贡同是法共党员，但他后来退出法共，导致了与超现实主义团体的冲突。1932年阿拉贡脱离超现实主义团体。1933年，由于对苏联的清党政策及一些国际政治问题持不同的意见，布勒东被开除出"欧洲声援革命同盟"。1937年就苏联党内路线斗争发表声明，反对苏共中央的决定。这一时期在布勒东的文学生涯中举足轻重，出版《娜佳》（1928）、《连通器》（1932）、《疯狂的爱》（1937）。二战期间，布勒东逃往美国避难。1946年，回到法国，试图重建战前超现实主义团体。他继续为现代诗辩护，直到1966年9月逝世于巴黎。

2 阿尔弗雷德·德·维尼（1797—1863），父亲是老军人，维尼出生时他已六十多岁。1814年，维尼当了红色火枪手，随后，护送路易十八逃跑。1816年转至禁卫军任少尉。《古今诗集》（1822—1837）奠定了他诗人的地位。1826年，发表历史小说《散-马尔斯》。1827年，维尼得了肺病，但他仍然翻译莎士比亚的剧作，迷恋上女演员玛丽·多瓦尔。1832年，发表小说《斯泰洛》。短篇小说集《军人的荣辱》（1835）收入三个短篇。几首长诗：《狼之死》（1838）、《橄榄山》（1939）、《参孙的愤怒》（1839）、《牧人之屋》（1844）、《海上浮瓶》（1847）、《命运》（1849）。后人将他的十一首诗结集出版，题名《命运集》（1864）。遗著有《一个诗人的日记》。维尼的文学成就以诗歌创作最为突出。他的诗歌以哲理性强别具一格。

3 彼得·贝兹鲁支（1867—1958），捷克诗人、艺术家。代表作有《西里西亚之歌》。

用另一条关于女人的格言：一位母亲是无私地爱男人的唯一女人。他补充道，法国人说，他们肯定了解女人。但并不总是如此。

我不让任何人从我这里夺走关于女人的神话，自古以来，人们因此已给女性之美戴上王冠。既不老，也无病痛，连失望都没有——通常这是最糟的，会使我的老眼丧失这幅女人的美景。我是顽固不化的男女平等主义者。我捍卫女人们，即使今天她们再也不需要它。她们很出色地靠自己捍卫自己。

这些关于女人的寥寥数语是开场白。大幕拉起来了，舞台上站着一对夫妻。有人敲门，一个女人进来。不，看在上帝份儿上，这不是婚姻喜剧的开头，正如我们所知道的剧院里成打的戏一样。相反，这儿开始一个独一无二的情节：一个男人和两个女人的悲剧。

"正如你一定知道，"泰格的年轻朋友维拉提斯洛·伊凡博格[1]写信给我，"浪漫主义的卡雷尔·泰格被自由性爱迷住了。他真诚地爱他的妻子。战争开始时他遇见 E 小姐，他试图对自己和两个女人证明，他们的关系有可能幸福和谐。"

我知道泰格新的男女关系。我年轻时认识他的妻子。她是一个严肃的、有魅力的、罕见的女人。他的朋友我仅仅见过一次面，稍纵即逝，在吉格尔的住所。她也是一个不寻常的女人；也充满魅力，确实有趣。他曾经热情地邀请我来他的史米柯夫萨拉曼卡住所见他，那是他死前不久。我多么后悔我没有立刻接受他的邀请。很快就为时已晚。

我从不怀疑他跟两个女人都有认真的关系。他不想要成为当然也不能成为平庸婚姻的三角关系的参与者。但令我惊讶的是，这个与众不同的豁达睿智的人，竟然相信他能够创建跟两个女人的平静而和谐的关系。他岂能不知道自己对两个女人都真诚地爱着，然而两个女人，即使她们爱，也不能分享她们的爱。这像沉重负担一样令他苦恼，以持续疲惫的方式让他付出。这也不给他生病的、虚弱的心脏增加任何力量。显然，三个人都忍受着这种

1　维拉提斯洛·伊凡博格（Vratislav Effenberger，1923—1986），捷克文艺理论家。

处境。

泰格每晚在家工作。直到临近黎明才上床，睡一个上午。中午他去看望E小姐。她住在史米柯夫的阿拉伯广场附近。他在那儿吃午餐，下午她帮他做著作注释。就这样日子一天天过去，从一九四九年直到一九五一年，一晃三年。

在命中注定的十月的一天，因为他迟到了，E小姐决定去迎接他。他俩在路上擦肩而过。只是当她往家里返回时，才看见他在阿拉伯广场的有轨电车棚里。他斜靠着铝合金柱子，喊她。他的脸痛苦地扭曲着。那是一张已经打上死亡标志的脸。她吃力地帮他挪动到她的公寓。行走对他是一种折磨。一到公寓，他就坐下了，他觉得非常不舒服。她急忙找医生。不一会儿她就找到了。她回到公寓时，泰格死了。

毫不犹豫地，她决定也去死。尽管，她不得不首先把泰格死亡的噩耗告知他的妻子。她写了一封信："卡雷尔没了。他今天中午死了。"然后她让一个出租车司机把信送到萨拉曼卡。

他的妻子一读到这张纸条，立即烧掉泰格的所有信件。有很多。虽然他每天看见两个女人，却几乎每天给她俩写信。在这个悲哀的仪式之后，她用煤气自杀了。

E小姐仅仅活了几天。她花时间整理泰格留在她的住处和送给朋友们的手稿。然后她步了泰格妻子的后尘。她打开了煤气阀。

随着她的死，这悲伤的死亡之舞结束了。对在泰格死后采取的措施，公众连一声"谢谢"都没有学会说。

我们生活在一位杰出的非凡人物和作家的周围。他丰富多彩的个性辐射出何等的精神力量！

泰格的葬礼之后，举行仪式的大厅几乎空空荡荡。很少他的年轻朋友，我没在现场碰见。他的朋友们以及我们这一代的熟人——泰格的一代，并非沃尔凯尔[1]的，正如这短语已经约定俗成——无人。只有他忠实的穆齐卡，那位画家，还有我，孤零零地站在那张空椅子后面。

一九四五年五月：临刑前几分钟

当然，在世界上任何地方，都不存在陀思妥耶夫斯基的一份档案，描述他如何被判处死刑，在跟死神面对面的时刻他感觉如何。这是不必说的。谁能够记不住对于那些无法抗拒的时刻的描述呢，当已被定罪的死囚包括陀思妥耶夫斯基，被押到圣彼得堡的谢苗诺夫广场，在最后时刻沙皇赐予他们赦免？对于作者，一位通晓怎样揭开人类灵魂并洞察到人的混乱的感情最深处的文学天才来说，这是一个多么可怕和震撼的时刻。

无论如何，陀思妥耶夫斯基，关于他人生的尖峰时刻，他写得出人意料的简略。在后来发自西伯利亚的信件中——他获得赦免后被遣送到那里——他写给他哥哥很多愤怒的信。在信中，他详细描述了犯人们所忍受的所有残酷折磨，但这些与濒临死亡的恐怖相比，确实不能相提并论。不管怎样，他还是大体上冷静而简略地记述了那几分钟。"他们给我们穿上白色的死囚服，把我们三个人一起捆绑在杆子上。"最后时刻，陀思妥耶夫斯基能跟他的伙伴们拥抱告别。然后他们让囚犯亲吻十字架，最后把剑在他们的头上折断，因为他们是贵族，在最后几秒，他意识到他是多么爱他的哥哥。这就是一切。他描述这个过程，简明而平静，就像我在写这些文字一样。

---

[1] 伊日·沃尔凯尔（1900—1924），捷克诗人、小说家、剧作家。中学时期即受母亲影响开始写诗。1919年在布拉格查理大学学习法律，此间广泛接触新老一代诗歌代表人物，并从事文学创作。1921年发表第一部诗集《宾客临门》，表示了他要爱一切人和用爱情去拥抱整个世界的强烈精神感受。作品带有浓厚的颓废派色彩。同年他加入捷克共产党，并成为当时青年一代诗人中的核心人物，以及"宾至如归"和"旋覆花"两个进步文学团体和同名杂志的重要成员。后因观点不同而退出。

1945年5月,在赫本斯卡大街人民之家遇到几个编辑、员工和行政管理人员,在那里,我们已经在设计一份解放后的新《社会民主党报》。另一拨人在我们身边忙活着第一期解放后的共产主义报纸《红色权利报》。5月5日,星期六,人民开始撕下布拉格街头的德国商店标志,并且去逮捕纳粹士兵。布拉格起义开始了。我们待在编辑部。一些人加入进来:排字工人、设计者以及职员们。其他编辑也匆匆赶到,我们立刻开始工作。不一会儿,印刷机就开始轰轰响,报童们开始分发第一批报纸。当头一阵炮弹发射到街上时,就连一些过路人也不再能跑过街道奔向济之科夫山或火药塔,只好躲进人民之家里。大楼上飘扬着捷克斯洛伐克国旗和红旗。花园里栗树林在开花。栗树林中间还生长着一棵银杏,一种在我们国家相当罕见的树,它是这座宫殿归金斯基、贵族花园也被其占有时那些年代的遗物。

　　捷克人占领了马萨里克火车站,德国人便对它进行轰击。一发炮弹击中了人民之家,炮弹碎片和子弹在院子里四处乱飞。因为,德国人不仅在基督教青年会而且也在隔壁盎格鲁银行亲自构筑了防御工事,子弹在我们的打字机上方和打字员的头顶上呼啸而过。我们把整个编辑部沿着楼梯往下搬进地下室,印刷机就在那里,而后继续下移,搬到纸张储藏室。在储藏室里,我在几捆新闻纸上写下关于五月的散文。那是写作的好方式。奋笔疾书。谁需要书桌!夜以继日。戏剧性的日子流逝着。星期六,星期天,星期一,星期二。

　　拿着小而差的武器的革命指挥官波斯特,将捷克部队指派到人民之家。解除占领火车站对面诺普尔酒店的德国士兵的武装时,他们缴获了一些武器。不管怎样,情况迅速变得对我们不利。德国人攻占了车站,射杀他们发现的每一个人。只有几个赤手空拳的人救了自己,在最后时刻避难于人民之家。之后,情况急转直下。德国人占领了哈夫利切克街角的建筑物。在美食店,他们发现了葡萄酒和香槟的储藏室。按照德国命令,地下室之间的墙先前已被打通,以连接各个建筑物,德军忽然间到了人民之家,而微不足道的捷克军不得不在地下室和大门之间分成两部分。德国人乘坐着装甲车驶近这座房屋。一个抵抗者在地下室里用来复枪射击闯进来的第一个士兵。那个士兵立刻在我面前栽倒了，我头一次有机会看见死神如何近前逼视。躺在地上，他仍然呼喊他的同伴射击，而他自己无法端起他的来复枪。他连开枪的力气也没有了。那是多么迅速，生命穿过他腹部的伤口逃离。

因为糊里糊涂的一分钟，我们在他的鲜血里团团转，但一个德国军官出现在墙壁缺口，命令我们举起手来。他让女人待在地下室，命令男人从后门出去，到哈夫利切克街上，走向燃烧着的马萨里克车站前厅。押送我们的士兵们用微笑向我们保证，一到火车站就把我们统统枪毙。

我们先是被命令在轨道上坐下。离我们几步远是一堆死去的捷克人，他们片刻之前被枪杀。我们只是等待停在身后轨道上的那辆老长的伤员列车开走。列车装满了躺在床板上的重伤员，一层接着一层。

德国人在我们眼前枪杀了一个男孩，当场——不幸地，一把古老的奥地利军刀从他的外套下露出来——然后他们枪杀一位老人，因为一些德国士兵说他们曾看见他开火。两个人都是被用左轮手枪在颈后射死了。当鲜血从颈背迸溅出来时，惨不忍睹。老人家无声无息，但男孩可怜地呜呜咽咽，直到断气。

我不知道为什么，但也许因为他们无法让伤员列车很快离开车站，还因为车站大火在迅速蔓延，他们命令我们起来，让我们马上去济之科夫。大火的高温如此炽热，我们不得不用手帕遮护我们的脸……

从童年时代开始，曾经多少次，我喜洋洋、乐滋滋地奔跑在这条靠近车站的街上。当我兴高采烈地动身去克拉卢比度过整个假期，这是我过去常常冲过的地方；也是我回到妈妈怀抱的地方。如今我们默默地在这儿走着，充满恐惧，不知道前方是什么。

在波杰布拉迪兵营的乔治雕像旁边，他们让我们靠墙站着，我们再次等待。他们又一次告诉我们，我们将要在兵营院子里被枪杀。但在院子里，德国人正准备从布拉格逃走，而且他们的准备还未完成。

我们沿着赫拉博夫卡大街走着，春风洋溢着紫丁香的芬芳，那是从维特科夫山上公园飘来的，在那里我曾消磨过多少个白天和夜晚，流连在火车站的烟雾上方，我的手指跟一位姑娘的手指交织着，我的心情单纯快乐，我的笑无忧无虑。我清晰地记得夏日紫罗兰，它的芳香直到今天我也没有闻够。观景台，至今犹在，呈现给你布拉格最美丽的景色，虽然有时候萦绕着火车头冒出的烟雾。

谈判代表们朝着他们的士兵打着白旗，来来去去，两次走过兵营。一眼也不看我们。他们正在做什么，或谈判牵涉到什么问题，我们无从得知，而且谈判持续时间相当长。我们经历了紧张的时刻，直到最后一分钟，德国人决定用我们交换一群德国妇女、孩子和老人，他们是在逃跑时被我们的人抓到的。我不知道我们靠着兵营墙壁站立了多久。我们从人民之家走来时，一个德国兵摘下了我腕上的手表。对我来说，就好像是来世。

德国人发出一声刺耳的命令，把我们向四面八方驱散。在步行了好长时间、经过重重路障之后，彼萨和我及其他两人发现自己在特洛伊大桥。在那儿，我们待在一个朋友的住处，度过这最后的暴风雨之夜。从公寓楼的窗户里——这幢公寓在那些日子几乎是孤零零地屹立着——我们看得见沙恩霍斯特的部队，其中一些兵占据了从布洛福卡到特洛伊大桥的下坡路。这个部队的任务是去摧毁这座城市，然后逃进美国人的俘虏营。幸运的是，他们的首要任务没成功。第二个任务，仅仅成功一部分。而这是众所周知的历史。

我很清楚，一个小国的抒情诗人跟举世闻名的天才无法相比，但我还是嫉妒陀思妥耶夫斯基独一无二的经历：被判处死刑，认识到那一刻必定结束生命，接受无情的现实，然后得救，重新尝到安全和人生的甜蜜滋味，体验那可怕的一两分钟，当时间把人迅速拖向毁灭，之后却又看到时光像辽阔的美景展现在前面。在那几分钟里，什么样的戏剧场景必定闪过他的心头！这样的时刻对一个人多么有意义，何况是对一个有能力把这样的经历准确地表达出来的作家呢！

除了这一人类事件之外，任何事情都无可比拟，就我个人而言，我要说的是：

当彼萨和我靠着兵营的墙壁站立时,我从口袋里拿出一块面包和一些奶酪,那是我离开蒙诺普尔酒店时从德国人的供应品中取来的。面包和奶酪都已不新鲜,但还是被我们狼吞虎咽地吃掉了。然后我想念起家人来。

我知道他们大体上是安全的。然而莫名其妙地,在我潜意识里,我根本不承认我再也看不见他们的念头。我断然地在思想里驱逐这念头。我盯着面向我的凄惨而丑陋的建筑物。所有的窗都紧闭着,很显然是出于小心。偶尔某处一面窗帘被拉到一边,露出一张脸。后来,我注意到挨着卡林天桥的金属人行道厕所,它唤醒了一个滑稽可笑的记忆。

许多年前,一位不知名但明显技巧很熟练的画家在那厕所的墙上画画,用柏油画了一个裸体女人,摆着最淫荡的姿态,我们常常来看这张画。它保留在那儿很长时间。当我们在兵营旁边站着时,那张画清清楚楚地浮现在我的脑海里,虽然在此之前,我几乎忘掉了那相当粗俗的艺术品。

我再次望着街对面灰暗的窗。烟雾从小烟囱里冒出。我想知道,那些幸福的人今天在做什么?他们不必靠着兵营的墙壁站立。他们只是偶尔透过窗帘往外看着我们。请看在上帝份儿上,别把这看成勇气,但在那些时刻我真的没想过死亡,虽然死亡在等着我们,就在院子里,只有几步之遥。莫名其妙地,我们视为理所当然接受了这一事实。

当他们驱散我们时,我们呼吸到自由的甜美空气,听见布拉格电台响亮地宣布德国已经投降,我可以说,那时我们立刻忘却了我们经受过的时刻。

而多年以后呢?

最近,我碰巧到了在极其艰难的时刻我们得以幸存的地方,却根本没有想起来。只是在我回家之后,我才意识到我走过那些地方却没有察觉。

今天我回想那些可怕的时刻,无非就像一个追逐新球的孩子回想去年患过的麻疹。

是的,相信我。就是如此。保重。再见吧。但愿不再有战争!

contemporary

当代国际诗坛

卡罗尔·安·达菲诗选

陈黎、张芬龄 译

卡罗尔·安·达菲
（Carol Ann Duffy，1955—）

是当代重要的英语女诗人，已经出版6本诗集，获得多种奖项。1985年出版第一本诗集《站立的裸女》，受到普遍赞赏，立刻入围当年的第一本诗集奖；1987年出版《出售曼哈顿》，1990年出版《另一个国度》，1993年出版《卑鄙时刻》获得英国著名的两项诗歌大奖威特布赖德和前进奖，1999年出版《世界之妻》获得美国的佛斯特奖，2002年出版《女性福音书》。目前她是曼彻斯特大都会大学的当代诗歌教授。

安妮·海瑟薇[1]

"我给我妻子之物:我次好的床……"
（莎士比亚遗嘱）

我们缱绻其上的床是一个不断旋纺的天地，
森林，城堡，火炬之光，断崖之巅，他
潜寻珍珠的海洋。我爱人的话语
是坠落大地的流星雨，化为吻
在这些唇之上；我的身子时而是较柔的韵，
时而是回声，与其和鸣协韵；他的触摸
是动词，在一个名词中央舞蹈。
有些夜里，我梦见他书写我，床是
他作家之手底下的一页稿纸，由
触觉，嗅觉，味觉演出的传奇和戏剧。
我们的客人在另一张床，最好的床上打盹，
流着散文体的口水。我生动欢笑的爱啊——
而今我将他纳于我这寡妇的头棺中
一如他在那张次好的床上将我紧拥。

---

[1] 安妮·海瑟薇（Anne Hathaway）是莎士比亚的妻子。

伊卡洛斯太太[1]

我不是第一个也不会是最后一个
站在小山丘上
看着她所嫁的男人
向世界证明
他是个彻头彻尾、如假包换的天字第一号大笨蛋。

达尔文太太[2]

1852 年 4 月 7 日。

去了动物园。
我对他说——
那边那只黑猩猩某些方面让我想起你。

1　伊卡洛斯（Icarus）是希腊神话中的人物。他戴着父亲制作的蜡翼逃离克里特岛，却因飞得太高，双翼遭太阳融化，而坠海身亡。
2　达尔文（Charles Darwin，1809—1882）是英国博物学家和生物学家，于 1859 年出版《物种起源》一书，提出以"自然选择"（物竞天择）为核心的进化论学说。

弗洛伊德夫人 [1]

各位女士,为了便于讨论,我们且说

我已见过太多的屌儿郎当,男支部和运动狂,

太多的制浆器和自动推杆器和老二和鸡巴,太多的钓具,

太多的小玩意,小鸡鸡和小眨眨;事实上,

你可以说,我和 M. 陆温斯基小姐一样

熟悉猎意大利香肠活动——同样厌恶透了

牛肉刺刀,猪肉剑,五香辣味腊肠,

爱之肌,夜行者,咚咚,老二,突刺,

量尺和蜡烛芯,夯锤,撞击锤,鲁炮,

大雕。别误会我,我可别无他图,

对裤里蛇,好闺密,

肉棒,巨蟒——我想我要表达的是,

各位女士,亲爱的女士,一般的阴茎——并不美观……

它妒羡孤寂地斜眼一瞄……让人同情……

---

[1] 弗洛伊德(Sigmund Freud, 1856—1939)为奥地利心理学家、精神分析家、哲学家。达菲在此诗中使用了三十种名称来指称阴茎(penis),原文中依序是:ding-a-ling, member, jock, todger, nudger, percy, cock, tackle, three-for-a-bob, willy, winky, Salami, beef bayonet, pork sword, saveloy, love-muscle, night-crawler, dong, dick, prick, dipstick, wick, rammer, slammer, rupert, shlong, snake in the trousers, wife's best friend, weapon, python.

卡西莫多太太 [1]

我从小就热爱它们。
它们宽宏的铜喉
漱着口,或缓慢吟诵,让我平静——
乡下小矮子,遭辱骂,发育不全,跛足,兔唇;
但不管怎样,坚强面对,好脾气,擅长针线活;
仿佛一则丑陋的陈腔滥调在田野里
压低羊蹄叶喂食她那几头肥胖、被蝥咬的小牛,
聆听五响清凉的晚祷钟声。
我相信它们甚至可让雨水落下。

城市适合我;我结块的身影
晃动于凹凸不平的巷弄墙上;
我的小眼睛黑得
有如被雨水打湿的鹅卵石。
我让猫心生畏惧。
我独居于七楼,
在圆炉盘上煮马铃薯
煎一条银鱼;
然后隔着铅灰色屋顶盯望,
当黄昏的蓝色橡皮将它们抹去,
而后钟声开始响起。

---

[1] 卡西莫多(Quasimodo)是法国作家雨果的小说《巴黎圣母院》(Notre-Dame de Paris)中主角的名字,他是圣母院的驼背敲钟人。

我攀爬钟楼的阶梯，
气喘吁吁，焦急地淌着汗，脸色紫褐，
发现数名敲钟学学者在各自的绳索下方。
他们为我挪出空间，
报上姓名，
轮到他的时候，
我感觉一股强烈的自信，
一种熟识感，像一根火柴在我心头燃起。
那是圣诞时节。
当其余的人离开后，
他在目瞪口呆、受打击的大钟底下禽我
直到我哭泣。

我们结婚了。
他为我敲出一首祝婚曲，
浮雕于芬芳的空气上。
长久的，性感的钟乐，
热情洋溢的钟鸣，
在较小的钟上起伏有致的舒缓音阶，
祈祷钟。
我们没去度蜜月
但那个星期都在床上度过。
我亲吻了
他的每一个部位，
那张马蹄铁的嘴，
那个四面体的鼻子，
那只斜视的左眼，

那只长了海盗疣的右眼，
那个猪皮喉咙的咸味皮革，
并且替他的鸡鸡
取了私密的名字——
或者没有？

所以我真蠢。
我们住在教堂的庭园。
敲钟人。
驼子的老婆。
（卡西莫多家的人。你见过他们吗？恶心。）
而且太无聊了。
我们的邻居——绷着脸的怪兽滴水嘴，堕落的天使，戴风帽的圣者，
举起大理石的手向我打招呼
当我沿着石子路经过，
盖了一块布的托盘上盛着给我丈夫的晚餐。
但有一回
某个傍晚我独自一人在圣母堂，
在他敲出的七点钟钟声鸣响之时，
我亲吻了挨在国王身边的皇后冰冷的唇。

情况改变了，
或者原本就不是那样。
没过多久，
他开始埋怨挑剔。
为什么我要这样？

我怎么能那样？
瞧瞧我自己。
而在那个夏天将尽时，
我常看到他
欣赏钉在墙上摆首弄姿与
广场观光客合影的吉卜赛女郎；
然后对我投以不满、固执的眼神，
和石头一样了无爱意。

我早该知道的。
因为不是吗，身材匀称比较好。
最好是苗条，纤细，
你细长的脖子被两个如引号的拇指框住；
而且美丽，有着奶油般的肌肤，
和红褐色头发，
那些迷死人的眼睛；
让每只可爱的脚
被一只更大的手握着
并且被亲吻；
然后在你入睡时被凝望到清晨，
如此完美，脆弱又青春，
你伤了他的生命力。

获得庇护。

但未遭到背叛。
未被逼到憎恶自己的恍惚状态：

用你丑陋的头去撞墙，

目瞪口呆看着镜中你笨重的乳房，

你的猪油大腿

你满是斑点的上臂；

捶打你的肚皮——

瞧——

你摇摇欲坠的肠子。

你这只猪。你这只蠢母牛。你这他妈的水牛。

怪胎。瘸子。脑残。白痴。猿猴。

事情的结局为何？

一把梯子。重型工具。沉稳的手。

还有我，整夜独自在上面，

决心复仇。

他为她们取了昵称。

玛丽。

当她为他发言时，钟楼颤动。

我爬进她体内，带着我的拔钉锤，

我的钳子，我的锯子，我的夹子；

然后，虽然花了痛苦的一小时，

扯下她无耻的铜舌，

任其掉落。

接下来约瑟芬，

他第二喜欢的钟，

张开她那惊讶、金黄的嘴唇

让我进入。

那些钟。那些钟。

我让她们全部变哑。
不再有琶音或音阶，不再有忽快速度，颤音
在施洗礼，婚礼，重大的场合，快乐的节日响起。
敲钟人
再也不必在污浊的
秋夜练习。
无清澈的声响，神圣，清晰，
让空气纯净，
并且让市区酒吧里的酒客垂首。
无任何
庄严的
葬礼音符
回应
悲伤。

我又锯又扯又砍。
我要索回寂静。
想象这画面：

办完事后，
鲜血湿透手腕，
我在被杀死的钟乐中蹲下
尿尿。

浮士德太太[1]

先说重要的事——

我嫁给了浮士德。

我们在学生时期相遇，

同居，分手，

和好，结婚，

抵押贷款购屋，

经济好转，

学士，硕士，博士学位。没小孩。

两件毛巾料浴袍。她的。他的。

我们工作。我们存钱。

我们再次搬家。

快速跑车。帆船。

在韦尔斯买第二间房子。

最新的玩具——电脑，

移动电话。飞黄腾达。

再度搬家。浮士德的脸

聪明，贪婪，有点疯狂。

我也一样糟。

我渐渐爱上这种生活方式，

---

[1] 浮士德（Faust）是欧洲中世纪传说中一位著名人物。他学识渊博，精通魔术，为了追求更多的知识和权力，与魔鬼梅菲斯特（Mephisto）做出交易，出卖了自己的灵魂。苏活区（Soho），位于伦敦西区的一个繁华区域。智能炸弹（smart bombs），又称"镭射导引炸弹"。"C'est la vie."，法语，"这就是生活""人生如此"之意。

而非生活。
他渐渐爱上声望，
而非妻子。
他嫖妓。
我的感觉，不是妒忌，
而是慢性焦躁。
我去学瑜伽，太极，
风水，心理治疗，大肠水疗。

浮士德常在晚宴
自吹自擂
到亚洲做生意的
本钱。
然后搭出租车
载着欲望到苏活区，
说得好听点，
去安置鬼魂，
迷失方向，会黑豹，赴宴。

他贪得无厌。
有一个冬天黄昏我晚归，
尚未进食。
浮士德在楼上的书房，
开会。
我闻到雪茄烟味，
仿佛置身地狱，怪异的情色味，世俗不容。
我听到浮士德和另一个人

放声大笑。

接下来,世界,
如浮士德所言,
伸展双腿。
首先是政治——
安全席次。国会议员。阁下。嘉德勋章爵士。
然后是银行——
离岸的,海外的——
和企业——
副主席。主席。老板。巨子。

够了吗?安可!
浮士德是枢机主教,教宗,
比上帝更有学问;
飞得比音速还快,
在世界各地,
吃午餐;
漫步月球,
打高尔夫球,一杆进洞;
在太阳上点根圆滚滚的古巴雪茄。

然后凭着预感——
投资智能炸弹,
投资伤害,
浮士德买卖武器。
浮士德深入商场,全身而退。

买了农地,
复制绵羊,
浮士德上网
找志趣相投的小牧羊女。

至于我呢,
我行我素,为所欲为,
一天之内看完罗马,
将干草纺成黄金,
整容,
隆乳,
让臀部紧实;
去了中国,泰国,非洲,
归来,茅塞顿开。

年届40,行独身主义,
禁酒,素食,
信佛,41。
染金发,
红发,褐发,
走土著风,猿猴风,
玩得疯,玩得亢奋发狂;
东跑西跑四处窜,孤单;
回家。

浮士德在家。跟你说句话,他说,

我和虚拟的特洛伊海伦

共度了愉快的夜晚。

那张引发一千艘战船的脸。

我亲吻它的唇。

问题是——

我和梅菲斯特,

那个恶魔之子,

已做了约定。

他已上路

前来取走

我欠他的,

收割我播种的成果。

这些年来

欺瞒诈骗,

汲汲营营,

在红尘打滚,

我出卖了自己的灵魂。

他说着话,我听见

毒蛇嘶嘶作声,

尝到邪恶的滋味,嗅出它的气味,

此时恶魔举起长满鳞片的手

向上戳刺

穿透赤褐色的托斯卡磁砖,

对准浮士德的光脚,

然后带着诡异的假笑,当场

就将他直接拖入地狱。

噢，好吧。
浮士德的遗嘱
留下了所有的东西——
游艇，
几间房子，
小型商务喷射机，直升机升降场，
战利品，等等等等，
全部——
给我。

C'est la vie.
我生病时，
痛得要命。
我用信用卡
买了一个肾脏，
然后康复了。
我还守着浮士德的秘密——
那个聪明、狡诈、无情的混蛋
没有灵魂可出卖。

女金刚 [1]

我记得我曾从外头窥探他的摩天大楼房间,
看到他熟睡的模样。我的小男人。
我已在曼哈顿待了一星期,
研拟计划;住在村落的
两间旅馆。村民见惯了陌生人,
或多或少让你自由自在。到今天
我依然特别喜欢黑麦面包夹五香熏牛肉。

我离题了。诚如你所见,这岛屿是座天堂。
他已抵达,我的男人,和一个纪录片团队
一起拍制影片。(有一种特定的蟾蜍
只在这里产卵。)我发现他独自
在林中空地,将他舀起放至掌中,
任他扭动,喊救命直到他冷静下来。
对我而言,绝对是一见钟情。

我一直非常寂寞。裹着自己温热的毛皮度过
漫漫长夜,低沉地哼唱动物蓝调。
好吧,他个头小,但体型完美
而且超帅的。他可以用那双
可爱灵巧的手为我做大猩猩无法
做到的事。我在我巨大的内心立誓

---

1 《金刚》(*King Kong*) 为 1933 年上映的怪兽影片,讲述住在苏门答腊骷髅岛上的巨型猩猩爱上前往该岛拍摄电影之女演员的故事。

追随他到天涯海角。

因为他不会久待此地。他很紧张。
每晚天黑时我都会去他的营地,
蹲在精巧的帐篷边,等候。他的同事
总是很快就送他出来。他会爬
进我张开的手,坐下来;然后我会轻柔地扯拉
他的衬衫和紧身格子呢绒裤,剥光他,将
我的舌尖放到他肉体的葡萄上。

幸福无比。但是当他拍完那部得奖的影片后,
他打包行囊;在我的感情在线
跳上跳下,模拟飞回纽约的
航班。大金属鸟。他不知道
我可以像打蚊虫般将他的飞机自天空击落吗?
但我让他离去,我的男人。我一边目送他飞
进艳阳,一边用拳头捶打胸膛,心痛欲狂。

我撑了一个月。我睡了一星期,
然后醒来狂欢两星期。我没洗澡。
鹦鹉唠叨唱着偏头痛圣歌,
荡来荡去的猴子气愤抱怨。我浑身发烫,到他
曾经洗过澡的河边用手舀水喝了几口。
我淌血,当一轮又肥又红的月亮在丛林屋顶滚动。
之后,我决定把他找回来。

因此在六月的某个晚上,我沿着哈德逊河北上,

航向纽约的地平线，发光的
混凝土雨林；感受到，相思又浩瀚，数星期以来的
第一道希望的微光。我小心翼翼，悄悄徘徊于
暗黑的街道，将我激情的眼睛紧贴于
一千扇窗户上，在每一扇上演的微型偷窥秀
看到无聊或痛苦，看到戏剧人生，安慰，悔恨。

当然，我找到他了。某个星期天的凌晨三点，
独自在他的单人床上做着梦；在他可爱的头的上方，
一张放大的我的照片。我盯望许久，
直到我的褐色大眼泛出泪光；我轻轻缓缓地离去，
穿过中央公园，在星空之下。他是我的。
隔天，我去购物。主要是我的男人的衣服，
但有一、两样是犒赏自己，在布鲁明岱尔百货公司。

我捻着他，仿佛从盒子的最上层拿取
一块巧克力，某个星期五晚上，离开房间，
让他悬荡于我的手指和大拇指
之间，以挑逗的、恋人的方式。然后我们坐在
帝国大厦的尖顶上，告别
布鲁克林桥，闪亮的黄色出租车，
河流上方的直升机，蜻蜓。

幸福的十二年。他睡在我的毛皮中，早早醒来
只为按摩我厚重的眼皮。我喜欢那样。
他喜欢我轻轻地对他吹气；或者用我的指甲，
小心翼翼地，搔抓他的整个背部。

我会请他吹奏在我们爱情元年他自制的
木笛。他会盘腿，在我耳边坐上
数小时：他那哀伤、失落的曲调让我哭泣。

他死去的时候，我整夜抱着他，像洋娃娃一样
摇着他，舔他的脸庞，胸膛，脚底，
他的小棍棒。但当时我虽悲痛，仍投入工作。
这会让他高兴。现在我将他围在脖子上，
完美，经过防腐，以小翡翠充当眼睛。没有一个男人
曾被如此深爱过。我确定，有时，在沉默的死亡中，
紧靠着我硕大、呼吸的肺，他能听见我的吼叫。

译者小记

达菲《世界之妻》（The World's Wife）是我们新近译成的一本诗集。

卡洛·安·达菲（Carol Ann Duffy）于1955年出生于苏格兰的格拉斯高（Glasgow），5岁时随家人迁居英格兰的斯塔福郡（Staffordshire），后来进入利物浦大学就读，于1977年获哲学学士学位。2008年，她获基尔（Keele）大学和斯塔福郡大学颁发荣誉博士学位。达菲于2009年荣膺英国桂冠诗人，是341年来英国首位女性桂冠诗人，同时也是第一位苏格兰籍的桂冠诗人。1999年，她就曾是桂冠诗人的主要候选人之一，许多评论家认为她当时与此荣衔擦身而过，其中的两大原因是：她是女性；她是女同性恋者（或者，双性恋者）。

达菲写诗，也写剧本，为大人写，也为儿童写，从1974年首本作品结集至今，出版的诗集、童书、童诗、剧本多达五十余册。达菲的诗作曾多次获奖，《站立的裸女》（Standing Female Nude, 1985）和《另一个国度》（The Other Country, 1990）获"苏格兰艺术协会书奖"；《阴暗时光》（Mean Time, 1993）获"韦伯特诗歌奖"和"前进诗歌奖"（年度最佳诗集）；《出售曼哈顿》（Selling Manhattan, 1987）获"毛姆奖"；《狂

喜》(*Rapture*, 2005)获"艾略特奖";《蜜蜂》(*The Bees*, 2011)获"科斯塔诗歌奖"和"艾略特奖"。

达菲出版了二十多本诗集,其中最为读者津津乐道的当属1999年出版的《世界之妻》。30首诗作的诗题——譬如小红帽,莎乐美,喀耳刻,美杜莎,狄莱拉,欧律狄克,狄蜜特,皮格马利翁的新娘,女金刚,希律王后,伊索太太,达尔文太太,西西弗斯太太,浮士德太太,弗洛伊德夫人,温克尔太太,伊卡洛斯太太,拉撒路路太太,野兽太太——清楚地揭示这是一本以女性观点为中心的诗集。2000年,《世界之妻》被改编成戏剧,在爱尔兰的剧院首演,此后在各地不断上演,2009年由名女伶琳达·马罗(Linda Marlowe)担纲演出的版本,八月从爱丁堡开始,巡回英国各地与境外演出。

《世界之妻》题材多元,诗风多样,时而幽默滑稽,时而嘲讽批判,时而抒情忧伤,达菲以戏剧性独白的手法,试图从女性观点,重新审视、诠释、甚至嘲弄、颠覆惯常以男性为主体的人类历史、神话故事、圣经故事、童话、小说、电影、流行音乐或民间传说,巧妙地融合严肃与喜剧的元素,以独特的叙事策略和切入角度,赋予老故事全新的情节和结局,让我们发现原来表象背后的真相如此扣人心弦、发人深省,原来古今众多知名男士在他们妻子心中的评价如此超乎想象,原来熟悉的人物、事物或事件可以透过另类或逆向思考,开创出如此丰富的趣味。

*

达菲笔下的女人是不爱说教的,其中有好几位擅长以幽默、睿智和利落的方式,发表她们对另一半的看法:

● **伊卡洛斯太太**

在希腊神话里,伊卡洛斯佩戴着建筑师兼发明家的父亲以蜡结合鸟羽制成的蜡翼翱翔于空中,初次飞行的喜悦让他得意忘形,将父亲"飞行高度不可过高"的告诫抛诸脑后,他越飞越高,最后终因过于接近太阳遭致蜡翼融化而坠海身亡。文艺复兴时期的艺术家布鲁各(Bruegel)曾为此神话画了《伊卡洛斯的坠落》;英国诗人奥登(W. H. Auden)在《美术馆》(Musée des

Beaux Arts）一诗从人类承受苦难的孤独，对这幅名画进行了深刻的诠释。相较之下，达菲的《伊卡洛斯太太》（Mrs Icarus）显得短小精悍，干净利落。快人快语的伊卡洛斯太太谈及她的亡夫，没有一丝悲悯或怜惜，反而为他冠上"彻头彻尾、如假包换的天字第一号大笨蛋"的封号，更大胆直言：像她先生这样的男性绝非第一人，而且绝对后继有人。短短数语像嬉笑的箭矢，瞄准缺乏远见、无法自历史得到教训的人性（尤其是男性）弱点，我们仿佛看到她的嘴角流露出嘲讽的尖酸与不屑。

● **达尔文太太**

英国科学家达尔文于1859年出版了震撼当时学术界的《物种起源》。书中用大量资料证明形形色色的生物不是上帝创造的，而是在遗传、变异、生存斗争中和自然选择中，由简单到复杂，由低等到高等，不断发展演变的结果，提出了生物进化论学说，从而推翻了各种唯心的神造论和物种不变论。然而，达菲在《达尔文太太》（Mrs Darwin）一诗向读者透露一个惊人的内幕：此一学说的发想者其实不是达尔文，而是他的妻子，而且早在1852年（达尔文提出进化论的七年前）就已萌芽。那一年，达尔文太太去动物园游玩，回家后，她对丈夫说出她的心得："那边那只黑猩猩某些方面让我想起你"，这句凭直觉说出的话或许正是达尔文学说的雏形。达菲在某次访谈时曾说："如果我们能够检视所有的历史，肯定会发现有很多很多时刻是妻子想出了点子，但丈夫抢走了功劳！"《达尔文太太》一诗以幽默的方式对此一现象做了小小的讽刺。每每享受成功光环男人的背后，其幕后功臣有时候是做出贡献而不自知的女人。

● **弗洛伊德夫人**

奥地利心理学家、精神分析学家弗洛伊德被世人誉为"精神分析之父"，20世纪最伟大的心理学家之一。他曾提出"阴茎羡妒"（penis envy）的理论，认为由于男女生理构造的差别，女孩很容易对男孩的强壮以及各种生理状况产生妒忌，于是产生了试图成为男孩的性别认知困扰——这构成了所谓的阳具崇拜的心理状态，让女孩在社会上产生无力感。达菲笔下的弗洛伊德太太显然没有"阴茎羡妒"的情结。在《弗洛伊德夫人》（Frau Freud）一诗，达菲让她以一本正经的女性研讨会的形式，用了30种不同的名称来指称阴茎（这使得《弗洛伊德夫人》这首诗几乎成了男性生殖器大全），其间还提到克林顿和莱温斯基的口交丑闻，表明她对男性那话儿的熟悉与厌恶，全诗以阴茎"不美观"，只是"让人同情"作结，对她丈夫的理论颇不以为然。另外值得一提的是，这是一首十四行诗。达菲曾说她喜欢在写情诗、哀歌或处理与心灵相关的题材时使用十四行诗体，因为它很像祈祷文或圣歌，就好像在婚礼、葬礼或正式场合适合穿黑色西装一样。所以当她刻意使用如此一本正经的语气和形式写《弗洛伊德夫人》这首充满猥亵、肉欲的轻浮诗作时，形式和内容之间的反差让诗作更增添几许滑稽的喜感。

*

《世界之妻》里有许多在爱情经验中受挫，因爱生妒的女性，《卡西莫多太太》（Mrs Quasimodo）即是一例。

● 卡西莫多太太

卡西莫多是雨果的小说《巴黎圣母院》（又称《钟楼怪人》）主角的名字。他是个外貌和身形都极为丑陋的男子，爱上了吉卜赛女郎艾丝拉达（Esmeralda），救她脱离困境，给予她庇护之所。达菲颠覆了《美女与野兽》的故事原型，将这首诗变成"野兽与野兽"的对决。在此诗中，卡西莫多太太是个兔唇又跛脚的乡村丑女，自小即爱听钟声。后来搬到城里，加入敲钟班，在与敲钟学员和学者的首次聚会上，和卡西莫多一见钟情，在会后两人随即就在钟绳之下做起爱来，然后结婚。在浪漫别致的钟乐婚礼之后，婚姻的丑陋面貌逐渐现出原形。卡西莫多太太在很多时候感到孤寂，后来卡西莫多开始变得爱埋怨挑剔，开始欣赏身材姣好的美女，这让原本在丈夫面前对外貌还算有自信的卡西莫多太太渐渐憎恶自己的身体。她感受到的丈夫对她的爱是她的庇护所，当她发现他不再爱她时，她觉得受到背叛、伤害，而还击伤害的最佳方法就是以牙还牙，于是她爬上钟楼，摧毁卡西莫多心爱的钟。在"谋杀"行动结束后，她蹲下来尿尿——这粗鄙的动作透露出卡西莫多太太自我憎恶、自暴自弃的心态：没有了爱，自我也不见了。在这场报复行动中，她的确会让丈夫难受，但受伤最重的人却是她自己，她不仅唤不回丈夫的爱，还抛却了自尊，而且再也无法从她自小喜爱的钟声中寻求安顿身心的力量了。我们看到几股浓烈的情感——爱情的美好，背叛的痛苦，扭曲的嫉妒，野蛮的复仇——在《卡西莫多太太》一诗中交织出奇异的质地。

*

达菲虽从女性观点重新切入我们熟知的人物和故事，但她并不认为女性优于男性，女性和男性一样有着令人不悦的人性弱点，《世界之妻》不乏恶女的例子，譬如《浮士德太太》（Mrs Faust）。

● 浮士德太太

《浮士德太太》作为恶女，其恶无关乎罪行，而是价值观的偏差。传说中的浮士德将灵魂出卖给魔鬼梅菲斯特，以换取24年的知识、权势、财富以及穿越时空体验各种人生的魔法，歌德的故事让浮士德经历了爱欲、欢乐、痛苦、神游等各个阶段和变化，在生命的最后时刻领悟了人生的价值与意义。达菲在《浮士德太太》一诗将故事场景从古代挪移到现代，让读者听浮士德太太述说他们物质不虞匮乏的生活。浮士德逐渐攀上权力和财富的巅峰，随心所欲地过着多彩多姿的人生。浮士德太太说浮士德"聪明，贪婪，有点疯狂"，而她自己"也一样糟"。她和丈夫的婚姻生活乏善可陈，她复制了丈夫的自私、贪婪和物欲的追求，"我行我素，为所欲为"地过着盲目追随时尚而没有灵魂的空虚日子（她爱上的是表象的"生活方式"，而非"生活"的本质）。浮士德被魔鬼带走之后，她继承了浮士德的遗产（除了钱，她一无所有），病痛缠身，刷信用卡买了个肾脏。在诗末，她带着批判的优越感道出丈夫的秘密："那个聪明、狡诈、无情的混蛋／没有灵魂可出卖。"相信有许多读者会想反问浮士德太太："那么，你呢？你有灵魂吗？"

*

对美好爱情的渴望，是人类恒久不变的憧憬。所以这本弥漫了嘲讽、批判的氛围的诗集里，我们还是读到了若干动人的爱的赞歌，譬如让文字、感觉、诗意、爱情、肉体、心灵自在交融的《安妮·海瑟薇》（Anne Hathaway）和《女金刚》（Queen Kong）。

● **安妮·海瑟薇**

安妮·海瑟薇是莎士比亚的妻子。根据莎士比亚传记的记载，安妮·海瑟薇比莎士比亚大九岁，婚后六个月生下他们的第一个孩子，两人应是奉子成婚。莎士比亚在结婚两年后便外出发展，夫妻长年分离，有人认为他们感情不睦，有人甚至认为安曾红杏出墙，因此莎士比亚在遗嘱里未留给她什么遗产，只留给她一张"次好的床"，当作是对妻子的惩罚或侮辱。达菲在《安妮·海瑟薇》一诗中为被抹黑的莎士比亚夫人平反，让在文学史上一向无声音的妻子开口述说她与莎士比亚的亲密关系。这首诗采用莎氏常用的十四行体（不过押韵未如此讲究，只有前四行用韵，最后以押韵双行体作结），以充满感官联想的"书写"意象隐喻性爱场景："我的身子时而是较柔的韵，／时而是回声，与其和鸣协韵；他的触摸／是动词，在一个名词中央舞蹈"；"有些夜里，我梦见他书写我，床是／他作家之手底下的一页稿纸，由／触觉，嗅觉，味觉演出的传奇和戏剧"……为何莎士比亚留给妻子的是次好的床？据说伊丽莎白时期的民间习俗是将最好的床留给客人用，主人只睡第二好的床。所以，莎士比亚留给妻子"次好的床"其实是一种爱的表白，因为那张床象征了两人昔日爱的印记——"次好的"床上有"最好的"爱的回忆。

● 女金刚

《女金刚》是另一首歌颂美好两性关系的情诗。此诗灵感源自1933年的黑白怪兽电影《金刚》（*King Kong*）：住在苏门答腊附近的神秘骷髅岛上一只巨大的雄猩猩爱上了前往拍摄影片的金发美女演员。在这首诗里，达菲保留了一部分与电影类似的故事架构，但让主角的性别互换（让巨大无比的一方是女性，让娇小柔弱的一方为男性），颠覆情节发展（譬如将男金刚被捕猎到纽约成为供人观赏的笼中兽，改写成女金刚自发性地到纽约寻找爱人），营造出新鲜的情境与氛围。一只巨无霸的雌猩猩爱上前来岛上拍纪录片的男演员（或者导演）。她对他一见钟情，决定追随他到天涯海角。后来，他拍摄完毕，回到纽约。一个月后，她受不了相思之苦，决心去找他。她窥探纽约摩天大楼的每一扇窗户，终于找到她的小男人。她发现他的床头挂着她的照片，确定了他是属于她的。她将他带回岛上，一起快乐地生活了12年。他死后，她将他的尸体防腐保存，像围巾一样围在脖子上，让他依偎着她的肺，虽死如生地听见她的吼声。女生版的巨猩爱情故事少了大闹纽约的暴力场景和被军方飞机追击坠楼身亡的悲壮结局，多了温柔的寻觅，温馨的泪水，女性的购物，在帝国大厦尖顶对纽约做最后的道别，一起快乐生活，生死相依永不分离。这绝对是一首形式与内容皆"巨大"的情诗：实质形体巨大的女性拥有排除万难也要在一起的巨大决心和死了也要在一起的伟大爱情。

*

这本诗集的题目源自乔治·艾略特（George Eliot）小说《弗洛斯河上的磨坊》（Mill on the Floss, 1860）里的一句话："在这类情况下，舆论总是具有女性的属性——不是世界，而是世界之妻……"（Public opinion, in these cases, is always of the feminine gender, — not the world, but the world's wife…）乔治·艾略特将流言蜚语或说长道短比拟成"世界之妻"，呈现出父权社会对女性的鄙夷与歧视。达菲以此为书名，却大胆颠覆惯常以男性为主体的诸多故事，言之有物地导正社会视听，一方面将长久以来被男性夺走的话语权还给女性，一方面嘲讽长久以来世界对女性的偏见和无知。她透过改写情节或新编故事，透过反向意识的质疑的态度，透过亦庄亦谐、嬉笑怒骂的手段，让这本诗集里的 31 位女性从她们男人背后、历史背后、故事背后走到生命舞台的聚光灯下，从古代走向现代，各自以独特角度和有个性的语调为自己发声，坦率地表达出她们对身边男人的怨怼、愤怒、嘲弄、叛逆，对爱和情欲的渴望、焦躁、委屈、执着，为自己的价值寻找新定位。

读达菲这本《世界之妻》真像是聆听一场"世界好 / 女子声音：夺麦克风有成的古今沉默太太们卡拉 OK 嘉年华"——充满欢乐，活力四射。断电的神话与历史中的知名丈夫们，被麦克风在手、冲破卡拉 OK 既定旋律即兴乱唱的女高音、女低音、女尖音、女爆音……淋漓恣意地乱电、痛电着。有幸担任这场在线直播歌唱大赛的各地众多评审们未必都是女性，但每个人聆听后都不禁即席按赞、拍案叫绝，盛叹这前所未有的翻唱、翻案，初试啼声的新人选秀会，高潮迭起，精彩绝伦，说 OK，OK，世界是你们的！

阿巴斯·基阿鲁斯达米诗选

黄灿然 译

阿巴斯·基阿鲁斯达米
（Abbas Kiarostami，1940—2016）

出生于德黑兰，导演、剧作家、制作人、剪辑师。1989 年，凭借《何处是我朋友家》获洛加诺国际电影节金豹奖。1997 年，阿巴斯凭借《樱桃的滋味》赢得戛纳电影节金棕榈奖。1999 年，《随风而逝》获威尼斯电影节评委会大奖。2013 年，《如沐爱河》获亚洲电影节最佳导演奖。在中国，阿巴斯·基阿鲁斯达米是深受影迷喜爱的导演，而在伊朗，阿巴斯·基阿鲁斯达米不仅仅是一位电影人，也是一位诗人，被誉为"他那一代，或者那个世纪中最激进的伊朗诗人"。

一只狼在放哨（节选）

黎明。
黑母马
生下的
白驹。

秋天第一道月光
射在窗上
震颤玻璃。

第一阵秋风袭来，
一大群叶子
逃进我房间里避难。

两片秋叶
把自己藏进
晾衣绳上
我的衣袖里。

我从高山上
捡走了
三个麻雀蛋。
下山的路
好艰难。

LIGHT YEAR 光年

影子跟踪我，
时而在前，
时而在旁，
时而在后。
多美妙啊
阴天！

今天，
像昨天，
一个错失的良机。
剩下的只有
诅咒人生。

你不在时
我和自己在一起。
我们谈话
如此容易在一切方面
达成共识。

你不在时
我和你
谈话，
你在时
我和自己。

从我的孤独
我寻求分享更大

份额的你。

你不在时，
白天和黑夜
是分秒不差二十四小时。
你在时，
有时少些
有时多些。

快递
给我送来
一封充满仇恨的信。

犹豫，
我站在十字路口。
我唯一知道的路
是回头路。

我失去
我得到的。
我得到我失去的。

一座断桥。
一个旅行者，脚步坚定
在路上。

灯笼光。

挑水者长长的影子
投在开满樱花的树枝上。

稻农
念叨着爱人的忠贞。
或者那是背痛?

我的衬衫
是一面自由的旗帜
在晾衣绳上,
轻松地摆脱
身体的束缚。

我赞美的
我不爱。
我爱的
我不赞美。

可惜
我不是落在我眼睑上的
第一片雪花的
好宿主。

下雨的日子
雨
没下够。

水
在被浪费的地方
灌溉
野草。

白菊花
望着
满月。

白驹，
红到膝部
在罂粟地里
蹦跳。

那棵老榆树
一点儿一点儿
消失到
暗夜里去了。

日出
在白驹尸体上
在老鹰金色的眼睛里。

多么高，
多么壮观
那只鹰飞到空中
寻找一具小动物尸体。

LIGHT YEAR 光年

无目标地，
静悄悄地，
一头狂怒的公牛
横渡
咆哮的河流。

一只狼
在放哨。

仅仅三滴血，
三百只蚊子在炎夏
忙了一整夜的成果。

一只无害的蚊子
与我共度一夜
直到早晨
在我卧室的蚊帐里。

飞翔
是一只在自身周围
织了一堵丝绸墙的毛虫
所得的奖赏。

数千枚针的伤口
在丝绸布上。

我不羡慕
任何人
当我沉思
穿过杨林的
风。

三株杨树躯干上
三道刀伤。
三名外国士兵的纪念品。

龙卷风
卷走
牧羊人鸣叫的水壶
越过山峰。

火里的野芸香。
充满烟雾的空气。
泥屋里神秘的
焦虑。

春雨
把老牧羊人
好不容易点燃的火
灭了。

核桃的味道。
茉莉的芳香。

雨落在尘土上的味道。

一个女孩醒来，
头靠在硬枕上。
干草堆里
一个仿制手镯。

一个小女孩
穿过生菜地。
空气中
鲜核桃的味道。

在集体祈祷中
有一个人
与其他所有人
都不合拍。

落在最后的马拉松选手
回头望。

在一个浓雾的日子
在彼勒瓦尔村
一个昏昏欲睡的小孩
上学去。

浓雾的日子。
很难看清

卖防晒剂的
广告牌。

烟雾味。
野芸香味。
婴儿哭。
泥屋。

日夜操劳。
只剩够半天的
食物。

向那渔夫
告别。狂风
骤雨之夜。

多好啊
每个人都走自己的路。

一个外地人
向一个也是外地人的
初来乍到者
问路。

我偏离正路的结果
是给后来者留下
一条条泥路。

弗朗西斯·雅姆诗选

树才 译

弗朗西斯·雅姆
（Francis Jammes，1868—1938）

法国旧教派诗人。他笃信宗教，热爱自然，他的诗把神秘和现实混合在一起。他的诗大都写得质朴，很少有绚丽的辞藻。作品有《早祷和晚祷》(1898)、《裸体的少女》(1899)、《诗人与鸟》(1899)、《基督教的农事诗》(1911—1913)等。

哀歌（第 5 首）

十月的银莲花在金色的草地上
沉睡。被鼻涕虫蛀空的蘑菇，
在野猪出没的泥地上黏乎乎的。
鸟儿的花楸树在木轮子下流血。
有时候，在雨后，整个林子
都在摇晃，仿佛雨又重下：
树叶湿漉漉的，淌下水滴。

这是十月的温柔，我点燃了烟斗。
红喉雀对着泥泞苍白的太阳唱着。
我刚刚走进卧室灰色的温和中。
今天，我悔恨的记忆没有那么苦涩。
我看见自己变得年轻，在十月，
凌晨四点，那时我是个小学生，
我的词典记下了初吻的那些日期。

哀歌（第 7 首）

告诉我，告诉我，我
心里的伤能治好吗？

朋友，朋友，雪
用它的纯洁也治不好。

含泪的女友，微笑时
就像雨后的一道彩虹，

告诉我，告诉我
玛莫尔，我还得死吗？

难道你疯了，亲爱的朋友？
你知道的……我们要去天堂……

玛莫尔，在碧蓝的天空中，
说？你会对天主说什么？

我会说，大地上
还有大的灾难。

亲爱的玛莫尔……说？……
天堂会是什么模样？

那里有蓝色的竖琴
还有彩虹似的围巾。

玛莫尔，天堂里还有
什么？说呀……说呀……

呵朋友，我是你的玛莫尔。
天堂里，还有我们的爱。

哀歌(第9首)

从沙土小路上,
她们走了,怀着内疚。

她们戴着微微颤动的大帽子
穿着白丝带裙子,坐在长凳上。

她们有夜莺的灵魂,夜莺
唱着飞翔的疯狂的事物……

她们在风中打了一个手势,
懊恼!那手势我居然不懂。

我曾是谁?在清凉的
林子入口,她们遇见我。

她们说:您是诗人!我们
花一样的心,哭着梦见您。

缪斯女神在身旁
捧着坟墓的鸽子。

它们巨型的翅膀
拍击碧蓝的苍穹。

几串丁香花,从天空中

神秘地，缓缓落到地上。

1898.11

哀歌（第 10 首）

1

当我的心死于爱：在
狐狸筑巢的山丘斜坡上，
那里能找到野生的郁金香，
两个年轻人走来，趁着夏天。
他们在橡树下歇脚，那里
整年都有风吹歪细弱的青草。
当我的心死于爱：啊姑娘，你
娇美地喘息着，跟随那小伙子，
想想我的灵魂吧，历经磨难，
仍在大风吹袭的斜坡上寻找
一个不再让它受伤的清澈灵魂。
你说吧，姑娘，你说：他疯了，
同塞万提斯笔下的牧羊人一样，
在平静的草原上放牧着白羊……
他们离开炊烟缭绕的古老镇子，
也许蒂坦莉娅在那里害死了他们的心。
你说吧：他跟这些可怜的牧人一样

躺在美丽的花朵身旁，徒劳地，
尝试唱出忧伤，一边吹着羊皮袋。

2

当我的心死于爱，羡慕它吧。
它就像鳟鱼在蓝色暴雨中突然一跃。
它就像一粒星星直直坠落。
它就像忍冬花的芳香。
当我的心死去，别去找它……
我请求你：让它安睡吧
在冬青树下，早晨，知更鸟
不停地唱着感恩歌，对着圣母。

3

当我的心死去……不……来找它吧
凭你芳香四溢的恩惠来找它吧。
我不想让它拒绝你的亲吻。
拿着它吧，带走它，用你
把我紧紧抱住时那种严峻的
神情……别哭，啊我的爱人。

别哭，爱人。生命美丽而严峻。
我痛苦过，也不止一次让你受苦……
但羔羊啃着山丘上的黎明，
但月亮亲吻酣睡中的雾，

但快乐的孩子吮着母亲的乳房,
但蜜蜂的嘴让身子颤抖,
但你狂喜地醉倒在我的臂弯……
别哭,爱人。生命美丽而严峻。

当我的心死于爱,我再也
没有心,也许我会将你遗忘?
不……我是疯子……我不会忘了你。
我们只有一颗心,你的心,啊我的爱人,
当我渴饮草原上的泉水
当我把蓝天倾入你的嘴唇,
我们将完全彻底地彼此融合,
我再也分不出哪一个是你。
当我的心……
　　　　　不,别这么想,亲爱的……
醒来时,你的乳房冷得发抖,
就像玫瑰丛中的鸟巢那样。

瞧,我的心狂喜,因为我那么爱你。
我的心冲向你,就像一座花园里
一枝被遗弃的百合花冲向纯净的风。
我不能想下去了。我只是一些事物。
我只是你的眼睛。我只是一些玫瑰。
当我离开你时,如果我不是我,
如果我不是玫瑰,你会后悔什么?

4

当我的心死于爱：在绿色的
山丘斜坡上，我的灵魂还醒着。
啊温柔的孩子们，你们走上山丘，
我的灵魂在黎明的潮湿篱笆上闪光。

灵魂在夜间，在雾中，飘着
湿润的灰色月光让它变得柔和。
它有盛开的玫瑰花的清新，
在湿漉漉的颤抖的老墙上。

灵魂歇息在阴暗的狗窝旁边
那些老狗趴着睡在门槛上，
灵魂会对这些小小的坟冢微笑
无辜的人啊在那里看不见生命。

愿温柔淹过我承受的煎熬，
愿村子里来的这些年轻人
在开着野郁金香的地方
得到更多的淳朴和幸福。

在这忧伤的日子，想想这些事吧。
哭吧，哭吧，趴在我肩膀上哭吧……
你心乱，对吧，因为我要离开？
你芳香的亲吻，清晨一般颤抖。

对我说,对我们亲爱的灵魂说
再见吧!就像以前人们远行时
手绢在一些憔悴的脸上摇动,
在村子大路两旁的白杨树间。

放下吧。放下你的痛苦吧,
让你那被泪水摇撼的脸
在我的心跳中得到抚慰。
微笑吧,当我们仍在忧伤?

译者小记

弗朗西斯·雅姆(Francis Jammes),1868 年 12 月 2 日生于上比利牛斯省山区一个叫图尔奈的小镇,1938 年 11 月 1 日卒于下比利牛斯省的阿斯帕朗。他的父亲是一位收税员。小学时,雅姆的成绩不好。20 岁时,中学毕业会考没通过,同年,他深爱的父亲去世,使他心生负罪之感。

1894 年,雅姆在洛蒂和马拉美的帮助下出版了诗集《诗》。纪德、雷尼埃和马拉美一致夸赞他。马拉美在给雅姆的信中这么惊叹:"这部精美的诗集极少技巧,运用完美的声音之线,天真而准确。这么僻远,这么孤单,你究竟是怎么把自己做成了这么精美的一个乐器!"从此,雅姆认准了这条路:异乎寻常的敏感和灵感所在的直觉。雅姆毕生都忠实于这最初的方向:用温柔、纯洁、幻想和明澈的天真,获得作品的效果。以后,差不多每隔一年或两年,雅姆就有新作品结集出版,其中重要诗集有《从晨祷到晚祷》(1898)、《迎春花的葬礼》(1901)、《天上的林中空地》(1906)、《基督教农事诗》(1912)等。当然,雅姆也从一个把自然和乡村完全融入个人感觉的农民诗人,变成了一个皈依天主并不断地从默祷和回忆中汲取灵感的宗教诗人。

雅姆从爱出发,做他的一切选择。他曾坦言:"让我有时恨男人的一个原因,就是他们不够纯洁。"但是,雅姆恰恰生活在一个不仅不够纯洁而且对他怀有敌意的世界上。童年时,城市拒斥他这个小农民;青少年时,他因反抗学校,也被学校一把推开;他只好沉浸到大自然的爱中。当诗歌给他带来名声时,一方面,他赢得了纪德等作家的友谊;另一方面,他又遭到了另一些作家的抨击。在雅姆的一生中,批评界从没有放下过攻击他的武器。谦卑的雅姆骨子里并非没有骄傲,1926年,他秘密地告诉莫里亚克:"我知道我在法国是什么位置(诗人,我希望):第一。即便我被贬低到最末一位,我对此也坚信不疑。"也许,文学活动本身有着向外求得荣誉的特点。1920年和1924年,雅姆两次想进法兰西学院,但均受挫。现在看来,他是真正的不朽者。最终,是心灵的朴素使雅姆悟透了这一切。他舍弃了文学能带给他的丰厚收入:"天主在我身上的全部工作,曾是逐渐地将我从一切心中拽出来,远离现代生活。我拥有,在这种孤独中,众人期望的一切幸福。"而文学荣誉其实并没有离开他。1937年,也就是雅姆去世前一年,两位大作家克洛岱尔和莫里亚克,趁国际博览会之际,在香榭丽舍剧院为他组织了一场诗歌晚会,取得了巨大的成功。

很早,雅姆就在教堂的肃穆氛围中品尝到了静心默思的滋味。但他也曾失去过虔信。他曾自问:"我谈论天主,但是,我相信吗?人们说天主存在或不存在,对我都是一样的,反正村里的教堂温和而灰暗。"究竟是什么使他疏远了教堂?是长久以来人们对信仰的冷淡,尤其是,成长中遇到的巨大困难,和社会生活里随处可见的虚伪。他在信中痛苦地写道:"你不知道宗教虚伪是多么让我痛心,它在戕害法兰西。"然而,忘掉天主这一企图很快得到克服。他写信给马拉美:"让我们相信天主吧,让我们像你的诗句一样纯洁。"直到1904年10月的某一天,那时,他已为同自己心爱的少女成家而苦苦等了三年,而少女的双亲却不答应;撕心的痛苦让雅姆找回了童年时代的祈祷。他决心重新投入天主的怀抱。他写信给他的挚友:"克洛岱尔,我需要天主。"1907年,雅姆同另一位虔诚的有教养的少女成婚。

从雅姆心中涌出的诗,如此善良、纯洁、天真、朴素、虔诚,以致构成了一种独特性。而这种独特性源自诗人的独特的灵性。雅姆有一种直抵事物诗意内核的天才。他的诗句能在读者心中唤起某种罕见的渗入灵魂的温柔。他还有一双画家的慧眼,能抓住一只松鸫在空中划过的眨眼即逝的弧线,能测出景色中阳光的比例。他诗中的一切都是可见的。这视觉上的特殊敏感,这心灵中的细腻感动,就构成了外和内;通过内外之间的来回运动,雅姆把不可见的心灵放到可见的文字形象里。从他最初的诗，我们就可以看到，雅姆善于把句子的内在节奏先细细捏碎，然后按自己的意愿进行重组。他的诗句常常是蔓延性的，像树干长出枝条又长出叶片一样，让读诗的人乐意在一片荫凉下等待下一句。面对事物沉默着的神秘，雅姆最出色的诗篇几乎抵达了不可能的简单和不可求的自然。

兹别格涅夫·迈克耶诗选

李以亮 译

兹别格涅夫·迈克耶
（Zbigniew Machej，1958—）

波兰诗人、随笔家、翻译家。早年在克拉科夫雅沃盖大学攻读宗教和波兰文献学。目前生活于捷克，担任那里的波兰研究所的所长。他被评论家视为波兰80年代诗坛涌现的重要诗人，至今出版了十四集诗集。他的诗受捷克超现实主义的影响。作品的涉及面非常广泛，从色情到政治，以及公共生活各个方面，都能进入他的诗中。他善于利用幽默和隐喻之间的联系。他的作品与其说是风格化的，不如说是非常多变的，有时具有讽刺性，有时在语言上进行大胆探索。

俄狄浦斯和斯芬克斯
——致兹比格涅夫·赫伯特

俄狄浦斯在黎明的斗篷下赤裸着
将他的右肩随意地
倚靠着斯芬克斯,
这样能更好地倾听埃及音乐的精灵
带翅膀的词语。

一幅古典的侧面肖像
如油亮乌黑的锁
在他的手臂下一只桨或矛,靠近那杀手
厚重的双手和乱伦的腰肉。
那健硕的无辜之罪的中间物
仿佛一个替罪羊。

左手撑在膝盖上
肘部裹着黎明的斗篷
盖住了他的胯部
那罪恶的可怜载体注视着
斯芬克斯明亮的乳房,一个完美的存在
如神的诅咒,苹果?挺立的
圆乳房,被奥林匹斯的
整形医生扭向
底比斯。

现在,看……他是如何

将他的牛犊似的目光
投向那野兽膨胀
乳头的象形文字,
仿佛他的瞳孔
从那双乳狡猾地
吮出了那孩子气的
谜语的谜底。

接下来的一切
已是我们很久就知道的了:
那黑暗与痛苦的深渊
迟早将反扑
每一个人。

一路向北

我们驱车向北,向海,
越过干裂的土地和无用的汗水。
周围尽是空空的田野。被烧毁的森林。
太阳剥离苍白的河床,
河床的石头如白骨。
我们的双手卡住方向盘,焦油
黏住汽车的轮胎。起皱的空气
因酷热颤动。地平线模糊
在身前与身后。电台

只有新闻、广告和迈克尔·杰克逊的
歌曲。现在，民主几乎
已在每个地方获胜，却没有一个人
感到幸福。一个巨大的熔炉熄灭了。
油轮给城市带来水。煤气
又涨价了。带来勇气，当然，代价相同。
当局在耐心地质疑
公民。医生发现了神秘的、新
感染。集贸市场躲躲藏藏，腐败
开出花朵，致命武器的袭击
增加，人们讲着黑手党
演过的故事。奥运冠军
在第一轮被淘汰。在体育馆
新的救世主专擅治疗，人群在高唱。
世界末日的预言之歌
不只在游客中间，传播。
对于电脑的偶像崇拜
压缩进对卫星的迷信。黑色图标
流出红色的眼泪，小鼠标
吞噬忠实者
在自己的教堂这些人喵喵地叫
令他们的神也感到厌倦……

我们驱车向北。
南边的战争在继续，
国家分崩离析……

当我们到达海边，
晴朗的天空下上百只帆船
驶入海湾，而野猪
从森林来到岸边
舔，舔，舔着
咸水。

布拉格地铁之歌

圣诞前的一天我乘地铁
回家。正赶上高峰时节。
我站在不断加速的车里
从中心车站

到博物馆，身体被挤到
车门上，鼻子朝着漆黑
冰冷的窗子。人们从我的
两侧和身后挤迫着我。

一时间全是腿，屁股，
而一个人的后面紧紧
顶住了我的腿肚子，
我的屁股，我的后背。

我扭过头去，凭眼角余光

看见，一个短发的
金发女子，正被一个红发
戴耳环的小伙子吻着，
她倚着我仿佛我是一堵墙。
我能感觉到她的身体——

弯曲着，迎合着，不乏急切——
尽管我和她隔着
几层冬天的衣服。

这样仅持续了一会儿（不超过
读完一首十四行诗
一节所需的工夫），却激发了我，
甚至带给了我意外的

勃起。甚至完全的充血
如果不是无的放矢，而下一站
到了，人们纷纷下车
车厢开始出现大量的空位。

睡着的缪斯

只有她的头还在，
一只鸟的白卵，生命的
秘密藏在里面。

她的眉毛——
简单的百合的
符号，荷花的
表意文字。
合上的无形的
眼睑，扁平的鼻子，
一条模糊的
唇线。
她的脸，睡着了。
从前额到
下颌：一个
伤疤的形式，
如抓痕，分开
她的梦，又将它
与世界联结。

十一月的一个星期天

躺在人行道。在
这水坑，铅一般黑的
底部，在路边
烂掉，如一片白杨树叶
烂在冷泥中。躺在
人行道，一盏路灯下。
在这水坑的底部。

就像一张车票或报纸

无人阅读。

"静止的日子,寒冷……"

静止的日子,寒冷

而没有阳光,天空的高度

被一只白嘴鸦

在公园上空的飞翔标出,那里

去年的树叶,在地上

腐烂,在郊区的

田野上,孩子们

理查·威尔伯诗选

马永波 译

理查·威尔伯
(Richard Wilbur,1921—)

生于纽约市,美国第二位桂冠诗人,其诗形式优雅、创意新颖、充满智慧。1942年毕业于马萨诸塞州阿默斯特学院。二战期间曾在海外服役,二战后重返哈佛大学,于1947年获文学硕士学位。1947年出版第一本诗集《美丽的变化及其他诗》,受到广泛好评。1956年出版第三本诗集《尘世之事》,此书同时获普利策奖和国家图书奖。之后相继出版《给先知的建议》(1961)、《步入睡眠》(1969)、《诗合集》(1988)等多种诗集。威尔伯还是一位优秀的翻译家,曾以诗体形式翻译了法国喜剧家莫里哀的多种喜剧,并于1963年获博林根翻译奖。威尔伯一生获多项大奖,包括1957年及1989年曾两次获普利策奖,1963年及1971年两次获博林根奖。1987年被选为美国第二届桂冠诗人。曾在哈佛大学、韦尔斯利大学、韦斯利安大学及史密斯大学等校执教。

世界

对于亚历山大,远东并不存在,
他认为亚洲大陆
到印度为止。自由的震旦至少
没有增加他的不满。

但是牛顿更平静,他掌握了整个空间。
对于他来说,他似乎只是
在并非他所造的深奥的岸边
玩了几块贝壳和卵石。

瑞士人爱因斯坦和他的相对论——
在一切中最安全。上帝
不拿宇宙及其活动掷色子。
无宗教的方程式并不够用。

蟾蜍之死

机动割草机逮到了一只蟾蜍,
咀嚼一番,扯掉了它一条腿,
它一瘸一拐跳到花园边上,
在瓜叶菊的叶子下找到了庇护,
在桄树和心形叶子的荫下,
在最后一处幽暗的低洼地藏起身来。

与生俱来的珍贵的心血流出，
消耗在泥土般的皮肤和干瘪的褶皱中，
流进瞪大的双眼那堵塞的沟渠，
它静卧着仿佛要重新变成石头，
它无声地静听着，死去，
接近深沉而单调的音响

接近雾蒙蒙沸腾的海洋
冷下来的海岸，接近那失去的两栖纲的王国。
白昼在缩小，淹没，并终于消失，
在睁得宽宽的古老的眼睛里，
它们似乎仍在望着，修剪过的草坪上，
那憔悴的日光的阉牛。

房子

有时，在散步时，她会合上眼睛
最后望一眼那座白色的房子
她在孤独的梦中熟悉了它，它不属于她
她还没有进去过，为此她一直在叹息。

关于她的那座房子，她向我说了什么？
白色的门柱，阳台，门上的扇形窗
一个寡妇在布满砾石的岸边散步
咸涩的风吹皱了周围的杉树。

那可能是任何地方，她此刻在那里吗？
只有一个愚蠢的男人渴望发现
她的梦想塑造的那个避风港。
夜复一夜，我的爱，在那里靠岸。

窗边的男孩

目视着雪人孑然一身孤零零站在
薄暮和他所不能承受的寒冷中。
小男孩哭泣着听见风在预备
一个咬牙切齿大声呻吟的夜晚。
他透过迷蒙的泪水勉强望见
那面孔苍白有着沥青眼珠的人儿
向他回报以上帝所禁止的凝视
就像被逐出伊甸园的亚当那样。

然而，那雪做的人儿，却心满意足，
并不希望进到屋里，并因此死掉。
不过，他感动地看见那少年在哭。
尽管冰冻的水是他的组成要素，
他还是尽力融化了一些，从一只柔软的眼中
流下一缕最为纯净的细雨，一滴泪
为了那个站在明亮的窗前
被温暖、光明、爱和如许的恐惧围绕的孩子。

经过

一个我以前从未见过的女人
从她家门后的黑暗中走出
就在那个关键的时刻,她被造就得
如此美丽,以至于她或时间定会消逝。

这样断言何用之有,当她拉紧手套
那所有的爱,一枚幽灵纹章
从门楣中耀眼闪烁?那蹒跚的太阳
也在困惑中,忘记了,如何运行?

可一切都没有改变,她完美的双足
滴答走下汇入大街的小径,
将她身体的各个站台留在那里
像鞭子勘测着空气的国度。

爱召唤我们转向世间万物

眼睛因滑轮的一声哭喊而张开,
从睡眠中振奋起来,惊愕的灵魂
没有肉身地悬停了片刻,单纯得
像一个虚假的黎明。
　　　　　敞开的窗外
清晨的空气中充满了天使。

有的裹着床单，有的穿衬衫，
有的穿罩衫：但他们真的在那里。
现在他们一起上升，宁静的情感
逐渐高涨，非人的呼吸散发深沉的快乐
将他们所穿的衣物涨得满满；

现在，他们各在其位地飞行，传递他们
无所不在的可怕速度，时而移动
时而逗留如白色的水；此刻突然
他们沉浸在如此狂喜的宁静中
似乎那里空无一人。
　　　　灵魂退缩了

畏惧它即将回忆起的一切，
畏惧每一个定时被奸的有福的白昼，
它哭叫：
　　　　"哦，让地球上一无所有，除了洗衣房，
除了蒸汽腾腾中红润的手
除了在天堂的景象中完成的清晰之舞。"

不过，当太阳以温暖的目光
承认了世界上的形形色色，
灵魂又在苦涩的爱中降临
接受苏醒的肉体，当此人打着呵欠起身，
它换了一个声调说：

"把他们从鲜红的绞刑架上取下来；
给盗贼的后背披上干净的亚麻布；
让恋人们清新如洗，甜蜜地脱光，
让沉重的修女在黑暗的习惯中
漫步于纯粹的飘浮状态，
　　　　保持她们艰难的平衡。"

罗伯特·洛威尔诗选

胡桑 译

罗伯特·洛威尔
（Robert Lowell，1917—1977）

出生在美国马赛诸塞州波士顿市。早期诗智性、精致、讲究修辞、玩转知识，具有所谓的"艾略特诗风"。1946年出版的诗集《威利老爷的城堡》（是第一本诗集《不同的土地》的修订版）获得次年的普利策奖。出版于1973年的诗集《海豚》于1974年再次获普利策奖。从20世纪40年代末，一直经受着躁狂症的折磨，经常在精神病院疗养。1959年出版的《生活研究》成为他诗风转向的标志性诗集，注重个人经验、梦幻和独白，以此为标志，他开创了一代自白派。20世纪60年代以后开始关注政治。

圣婴 [1]

听吧,圆圈舞的铃声如马车叮当作响

沥青路边橡胶轮胎上的舞者

粗麻布磨坊底下的煤渣冰

麦芽酒妻子跑开 [2]。牛惊叹于

一辆车的挡泥板,流着口水,动身。

在圣彼得山上犯了大错。

这些人未被女人沾染 [3]——他们的

悲伤不是这个世界的悲伤:

耶稣在空中哽咽,希律王在他向上

盘蜷的膝下尖叫着复仇。

一个王属于那些无言的笨蛋和婴孩。依然

这个世界比希律王更希律王 [4];这一年,

沐浴恩泽的一千九百四十五,

木材伴随着炉渣山上的损失,

这山属于我们的净化;公牛靠近

他们安身之处的破败基础,

---

1 希律王试图杀死幼年耶稣,因此屠杀了伯利恒城中的婴孩:"希律见自己被博士愚弄就大大发怒,差人将伯利恒城里并四境所有的男孩照着他向博士仔细查问的时候,凡两岁以里的都杀尽了。"(《马太福音》2:16,和合本)(本书的注释参考了 Robert Lowell: *Selected Poems*. Expanded edition. New York: Farrar, Straus and Giroux, 2006.)

2 诗的背景设置在缅因州的达玛瑞斯科塔磨坊(Damariscotta Mills),1945年,洛威尔在这里度冬。附近有圣帕特里克教堂(St. Patrick's Church),而不是圣彼得(St. Peter's)教堂。

3 "这些人未曾沾染妇女,他们原是童身。羔羊无论往哪里去,他们都跟随他(即耶稣)。他们是从人间买来的、作初熟的果子归与神和羔羊。"(《启示录》14:4)

4 哈姆雷特对伶人的告诫:"比希律王更希律王,请你留心避开。"(莎士比亚:《哈姆雷特》,第三幕第二场,第13—14行)

神圣的马槽里，他们的床是谷物
和为圣诞节而撕下的冬青。如果他们
像耶稣一样，死在马具里，谁会来哀悼？
牧羊人的羔羊，孩子，你如何依然说谎。

玛丽·温斯洛 [1]

她的爱尔兰女佣永远不会用汤匙舀出足够多的
玉米粥或橙汁；身体冰凉
像生病的孩子一样微笑
她把数字加起来，然后一声不吭
凝神于泰然自若的亲戚们啜饮着雪莉酒
踩脏她四个房间组成的王国的
地毯。在坚硬的查尔斯河 [2] 上，在雪中，
卡戎 [3]，那笨水手，从他的渡船登岸，
止住了她令人惊骇的孩子气的叫喊，
机智是滑稽的事后想法。什么都不会
重来。即使是阉割的斗牛士
在西班牙美女面前，凭借海象角
逗惑着孪生的矮小公牛
他用所有幼稚的小饰品藏匿起来。

1　玛丽·温斯洛（Mary Winslow），洛威尔的外祖母，1944 年去世，嫁给阿瑟·温斯洛（Arthur Winslow）。
2　指冬天冰洁的查尔斯河。查尔斯河位于马萨诸塞州东部。
3　希腊神话中冥河的摆渡者。

玛丽·温斯洛死了。外面，在查尔斯河上，

轻赛艇停在水中和桨叶拖拽着，

到处是迷惑的鸭子，此刻

国王教堂[1]塔楼的铃绳松开

系缚于野蛮的牛上

它们来自波士顿公园[2]；她死了。但停下吧，

邻居，这些枕头支撑着

她，她那惊恐的、孩子般的冰冷眼睛

映射出它们所不知的人：我们的柯普磊[3]先祖，

一本正经，下颚方形，一脸世故，

一个穿着家庭主妇装的克利奥帕特拉[4]；

什么都不会重来。钟声哭泣："来吧，

回到家里，"喋喋不休的教堂钟楼哭泣：

"来吧，玛丽·温斯洛，来吧；我送你回家。"。

醉酒的渔夫

在这血腥的猪圈里打滚，

---

[1] 国王教堂（King's Chapel），位于波士顿，始建于1688年，当时为波士顿最古老墓地的一部分。
[2] 波士顿公园（Boston Common）位于波士顿市中心，始建于1634年，美国最古老的城市公园之一。
[3] 柯普磊（Copley），指的是约翰·辛格勒顿·柯普磊绘制的温斯洛家族先祖萨拉·瓦尔多（Sarah Waldo）的肖像。柯普磊的妻子来自于温斯洛家族。
[4] 克利奥帕特拉（Cleopatra，前69—前30），埃及艳后，通常指克利奥帕特拉七世，古埃及托勒密王朝的最后一任法老。貌美，先为恺撒情妇，后与安东尼结婚，安东尼溃败后又欲勾引屋大维，未遂，以蛇毒自杀。

LIGHT YEAR 光年

我把钓丝掷向取悦我双目的鱼
(其实,耶和华的虹[1]没有悬着
成罐的金子来加重它的末端);
只有红口的虹鳟鱼
向上游至我的诱饵。它们掉落在
我的帆布鱼篓上,直到飞蛾
破坏了鱼篓松松垮垮的布料。

日历诉说着时日;
手帕挥动,赶走
蚊蚋;没有填满风暴的沙发
臂弯里装载着一只瓶子;
一只盛满蠕虫的威士忌酒瓶;
卧室宽松裤:这样的称呼对于蠕虫
合适吗,它们激烈的愤怒
在老年人的腹中沸腾?

曾经钓鱼是吉祥之事——
(哦,风吹来寒冷,哦,风吹来炎热),
让阳光留在屋内,或走到外面:
生活在抹香鲸的嘴上跳吉格舞[2]——
渔夫口若悬河,又满嘴污言秽语
捕获物让他的良心保持清洁。
孩子们,汹涌的记忆向着

---

1 "我把虹放在云彩中,这就可作我与地立约的记号了。"(《创世记》9:13)
2 吉格舞是一种活泼欢快的舞蹈,通常是单人伴奏,起源于16世纪的英国。

往昔池塘的荣耀流口水。

而今炽热的河流，正在退潮，将它
血腥的身体拖入洞中；
我鞋子里的一粒沙

模仿着也可能毁灭
人类与造物的月亮；悔恨，
散发着恶臭，已搅浑了它的源头；
这里脾气拍打到了鲸鱼的盛怒。
这是老年人的锅穴。

难道没有办法把我的鱼钩
掷出这条被炸毁的小溪？
当浅的水域逐渐消失
渔夫[1]的儿子们必须四处找寻[2]。
我用满身油脂的蠕虫抓住了基督[3]，
当黑暗王子泅过
我的血流来到冥界……
在水面上，人中的渔夫[4]行走着。

1　"耶稣对他们说：'来跟从我！我要叫你们成为人中的渔夫。'"（《马可福音》1:17）此处"成为人中的渔夫"（become fishers of men）和合本原作"得人如得鱼一样"，根据钦定本改译。

2　四处寻找（peter out），这里 peter 是"彼得"（Peter）的双关语。彼得是耶稣十二门徒之一，在追随耶稣以前是渔夫。

3　鱼是耶稣基督的象征。

4　人中的渔夫（Man-Fisher），即耶稣。"门徒摇橹约行了十里多路，看见耶稣在海面上走，渐渐近了船，他们就害怕。"（《约翰福音》6:19）

彩虹消失的时候 [1]

我看见天空在下降,黑色和白色,

不是蓝色,在波士顿,那里冬天把头骨

穿戴在石板 [2] 上的南瓜灯上,

饿得皮包骨头的猎犬撕裂

山雀和伯劳。荆棘树等候着

它的受害者,今夜

蠕虫会吃掉枯枝,直到

亚拉腊山脚 [3],飞天螳螂,时间和死亡,

戴头盔的蝗虫,近逼呼吸之树;

嫁接过的野橄榄,根须 [4]

枯萎了,冬天漂移到了

"胡椒罐" [5],讽刺的彩虹,横跨

查尔斯河,及其大面积的焦土区域。

我看见我的城市处于紧急关头,审判的

秤盘升起又下降。一堆堆

枯叶在空气中燃烧——

我是这张《启示录》图表上的

---

1 诗中大量意象来自《启示录》,参见4:7; 6(各处); 8:7-9; 9:3; 12:14; 15:6; 19:8-9。关于"彩虹":"我把虹放在云彩中,这就可作我与地立约的记号了。"(《创世记》9:13)

2 指墓室石板。

3 亚拉腊山(Ararat),在土耳其东部,《圣经》中的诺亚方舟停息地:"七月十七日,方舟停在亚拉腊山上。"(《创世记》8:4)

4 "若有几根枝子被折下来,你这野橄榄得接在其中,一同得着橄榄根的肥汁。"(《罗马书》11:17)

5 "胡椒罐"(Pepperpot),即朗费罗大桥(Longfellow Bridge),横跨查尔斯河,连接着坎布里奇和波士顿,桥上塔楼酷似盛放盐和胡椒的罐子,当地人戏称该桥为"盐胡椒桥"(Salt-and-Pepper Bridge)。

红色箭头。每只鸽子都被卖掉了。
教堂上陡然飞升的鹰隼不再握住，
在蛇的时刻，彩虹的墓志铭。

在波士顿，蛇对着寒冷嘶嘶地叫。
受害者爬上祭坛，走上来歌唱：
"和散那[1]，狮子，羊，还有野兽
用以赛亚[2]两翼扇着焚化炉面孔：
我呼吸着婚宴上的乙醚。"
在高坛上，黄金
和一块漂亮的布。我跪下，翅膀拍打
我的脸颊。此刻，耶稣的鸽子能给予你
什么，除了智慧，流放者？站立，生活，
鸽子衔来了一根橄榄枝要吃掉。[3]

---

1 和散那（Hosannah），赞美上帝的欢呼之声。"前行后随的众人，喊着说：'和散那归于大卫的子孙，奉主名来的，是应当称颂的。高高在上和散那。'"（《马太福音》21:9）

2 以赛亚，原文作 IS，疑为以赛亚（Isaiah），《圣经》中的先知，《旧约》中有《以赛亚书》。

3 "到了晚上，鸽子回到他那里，嘴里叼着一个新拧下来的橄榄叶，挪亚就知道地上的水退了。"（《创世记》8:11，思高本作："傍晚时，那只鸽子飞回他那里，看，嘴里衔着一根绿的橄榄树枝；诺厄于是知道，水已由地上退去。"）洛威尔的父亲的墓志铭即这两句诗："站立，生活，／鸽子衔来了一根橄榄枝要吃掉。"

维贾伊·瑟哈德里诗选

远洋 译

维贾伊·瑟哈德里
(Vijay Seshadri, 1954—)

出生于印度班加罗尔，五岁来到美国。他的父亲在俄亥俄州立大学教化学，他在俄亥俄州哥伦布市长大。他曾在太平洋西北地区度过了5年的捕鱼和伐木生涯，在纽约哥伦比亚大学攻读中东语言工作和文学博士课程。现任教于莎拉劳伦斯学院，教授诗歌和散文写作，住在布鲁克林。他先后出版诗集：《野生动物王国》（1996），诗《长草甸》(Graywolf出版社，2004年)，荣获美国诗人学院颁发的詹姆斯·劳克林奖；《三个片段》(Graywolf出版社，2013年)赢得了2014年普利策诗歌奖。他也是第一个获得该奖的亚洲裔诗人。

重现

在我们停止回忆很久以后,他的消息
从海岸漂回
以让我们知晓他仍然悬挂

于别人的时空,
住在棚屋,在别人的常春藤爬满的花园里——
他的头剃光了,他沧桑的脸,

他的眼睛下面皮肤有色斑。
据说,尽管他依旧温柔而明智;
却发现那里跟这儿一样——

热气胀破布袋,
群星在黑色宝座上颤抖——
他已下定决心永不回来。

完全相同;而在其边缘上
无边无际的海洋涂改又涂改
重复的东西,其中

一样的重复,
而他能够陷入其中,永不改变——
浮现,然后只是游离而去。

亮闪闪的铜壶

死去的朋友们回到人世,死去的家庭,
讲着他们头脑里保留的、活着和死后的语言,
他们的五种感觉完好无损,他们的脚印宛如蝴蝶的脚印,
仁慈从他们领悟的脸里发出光辉——
这是我喜爱的事物之一。
我非常喜爱它以至于一直睡眠。
月亮在白天太阳在夜晚发现我在梦中
它们出现的地方深深地消散。
在秋麒麟草的原野上,在五座金字塔的城里,
以溶化的面孔在皇后跟前,
在高耸的悬铃木下面,他们正好露面。
"没关系,"他们似乎说,"永远如此。"
他们羞怯而谦恭。
(谁知道死者这样谦恭?)
他们不想惊吓我;他们的头不像风向标一样转。
他们不想窃取我的身体
并占有土地,发泄报复。
他们是死者,你明白,他们不存在。而且,此外,
为什么他们会顾虑?他们是亚原子的,在水平面。想想看,
其中一人羞怯地给我一支铅笔。
眼睑下的眼睛投射越来越快。
透过对讲机,在那么久没有音乐的屋里,

好教士艾尔·格林[1]在歌唱,
"我永远看不见明天,
我从未被诉说悲伤。"

虚数

宇宙毁灭时山那种遗迹
不大也不小。
大小是

比较的分类,还有什么
能够与宇宙毁灭时山那种遗迹
作为比较?

意识察觉到而且被满足了。
灵魂爬过碎石堆。
灵魂,

像负一的平方根,
是一种有其用途的不可能。

---

1 美国灵魂音乐史上还活着的最伟大人物之一。可以说是灵魂乐三大大师之一,是 Rhythm and Blues Foundation Pioneer Awards(节奏与布鲁斯开拓者奖)终身成就大奖得主。他的音乐影响了无数的人,也影响了灵魂乐的发展。他的一首 let's stay together,可以说是灵魂乐中不能再经典的经典了。

野蛮人的生活

我对他作为一个个体一直兴奋不已。

我已见过他,作为一个人,挣脱出他自己的影子。

的确,这是非凡的。

的确,被我的朋友野蛮人觉察到:

希望的毁坏不仅仅推迟

但更经由固执变得残忍

有点毁坏他和蔼的性情。

这样一个人,这样由血统形成的环境——

母亲由于沮丧而残废;父亲由于劣质酒和止痛药——

致使他的预期落空,以过早的霜冻使那些理当活跃的

野心的萌芽变黑

通过明显的权力、恩惠和偏爱,

尽管应显出

歧视,不亚于我们相信的那些明智的人,

明智的同情,无可指责,

造成既非玩世不恭能损害、也不是怀疑破坏的奇迹。

进出少年看管所,十五岁偷车,

吸食安非他明,他的鼻孔都染蓝了,

被踢出,又进去,被踢出,

被抓,被假释,又被抓,

努力抵达闪亮的跌进铁栅栏的东西,

撩逗人的,刚好在他的手指边,

找到又失去上帝,

当他在转租的平房外面

耙菩提树叶时

思索着吃、睡、死是关于这的一切,
没别的什么,兴许几个日落,
忘掉性。

挽歌

我被要求指导你关于你去过的那座镇的事,
我从未去过那地方。
大教堂值得一看,
但街道狭窄,不平,而且有点糟糕。
河流夏天萧条,春天布满泥浆。
家庭手工业被淘汰。
人口只有一个。
人口是一个逃亡者
他溜进阴影,出没于钟楼。
他吃了一半的食物是冰凉的,在空荡荡的咖啡台上。
他未解答的等式的书页被吹落到鹅卵石上。
他的死是那么不公平,以至于他不能原谅自己。
他等他的生命赶上他。
他是你,你,你。
你将指望他给你补偿,
在旋转门里面对他,在广场上跟他坐在一起,
抚慰他的恐惧,对他的故事产生共鸣,
使他习惯于无法抗拒的阳光
直到他的死成为你的死。

你将归还给他被没收的分分秒秒。

回忆录

奥威尔说曾经在无人的某处写他们生活的真实故事。
生活的真实故事是其耻辱的故事。
此刻如果我写了那个故事——
辐射到最后一刻——
人们，我发誓，你的眼睛会掉落，你不能
从你烧焦的双手上
足够快地脱下手套。你可怜的眼睛
看我在房间里哭泣着
或者对高个儿金发碧眼厌烦得要死。
我曾经指责无辜的人。
我曾经点头哈腰乞求罪犯。
我仍然回避我曾经对被毁的寡妇说过的话。
还有一个十月下午，在刺槐树下，
它变黑的豆荚在掉落，在路上
制作着照亮的图案，
我被欢乐抓住了，
然后有人看见我在那儿，
而最糟糕的是，
撕裂之痛且难以忘记。

拉塞尔·埃德森诗选

车邻 译

拉塞尔·埃德森
(Russell Edson, 1935—2014)

美国著名诗人、作家、插画家。他以其极具先锋精神的寓言式散文诗体驰名于当今美国诗坛,并影响了美国当代诗歌,有"美国散文诗教父"之称。他先后出版有《那发生的非常之事》(1964)、《一个人所见之物》(1969)、《平静的剧院》(1973)、《一个骑手的童年》(1973)、《直觉的旅程及其他作品》(1976)、《不切实际的人从不悲伤的原因》(1977)、《受创的早餐》(1985)等多部散文诗集,1995年又出版其散文诗选集《隧道》;另外,他还著有多部戏剧和小说作品。他曾荣获过一次古根海姆奖(1974年),三次美国全国艺术基金会写作奖金。

女士之心

她爱上了医生的听诊器；和它诊听她心脏的方式……
医生说，你是想和我的望远镜一起度蜜月吗？
你应该看看它是怎样延伸自己去观察夜里的梦幻天体。
哦，可你的显微镜近视呀……
那我的潜望镜如何？它会从床垫上升起一只精灵之眼窥探隐私。
那比万花筒都讨厌；尤其是它那破裂的大眼睛盯着我的样子。
最后，医生举起他的听诊器在女士的眼前晃了晃，问了起来，女士你准备好了吗？
哦，是的，她叹息着说……

苍天之饿

他和他的帽子打架，它是一张嘴，试图要活吞了他。帽子受伤了，但无妨，它没有神经末梢。帽子被彻底毁掉了，他说，下不为例。
当他准备再次离开。他戴上了另一顶帽子，可看到的是又一张嘴对他蠢蠢欲动。之后这顶帽子挨了一顿揍，就像上一顶帽子，它也没有神经末梢。
哦，见鬼去吧，谁稀罕一顶帽子呢？
后来他发现他那双鞋子也是两张嘴，要吃他的脚；还有某个双头怪，一把音叉，要耗尽他的生命，用走路的节奏和脚步声让他发颤致他死地…
甚至房间也被发现是一头大怪牛的胃，要消化他。
苍天的终极之胃还能饿多久？

无字之书

书是无字的,所有的字都掉了下来。

丈夫说,书是无字的。

妻子说,这是在我去现在的路上,发生的一件有趣的事。为了找出全部的印刷错误,我抖落着书本,突然间所有字和标点也都掉出来了。可能整本书都是印刷错误?

丈夫问,你想怎样处理这些词?

妻子说,我弄一个包裹,把它邮寄到一个虚拟的地址。

丈夫说,可没有人在那里,难道你不知道吗,几乎没有人会在虚拟的地址,甚至也没有足够的现实来证实一个地址。

这就是我为什么要把它们寄到那里的原因,妻子说,那些乱七八糟的词汇突然组合成了谣言和恶语。

丈夫说,但是这些空白页不也表现出某种对谣言和恶语的引诱吗?谁知道有人会在他心神不定之时在写什么?谁知道机会可能与这样一个危险的引诱有关系?

妻子说,或许我们也得把我们自己邮寄到这个虚拟的地址。

丈夫说,是因为这些词不断从嘴里掉出来,它就这么轻易地造谣生事吗?

妻子说,这……不好说,我们就像影子一样不断脱离自己;我们乱抖着似乎要把此生所有的印刷错误找出来。

丈夫说,好吧,如果这不会伤害到现实的话,其实就是赋予现实一种应该有的放松。

一个男人的故事

他的父母相遇。他父亲有精子,他母亲有卵子。这就是他的开始。

九个月之后,他出生了。

经历平凡的童年之后,他终于长大成人……

这时,有个女人,她说,用你的精子和我的卵子,我们能生一个孩子。

他说,哦,不了,我父亲那样做过。在这种事上,他是行家。

那你干什么?女人问。

我更愿在我父母亲结合后的我母亲的肚子里待着。可九个月后,我出生了,开始让自己浑浑噩噩。请原谅我,那时我颇为失落。但我最终长大成人。我又迈入中年;又走向沧桑。最后,我衰老不堪,变成一个废物。本性丢失了趣味。我孤独至死……

销魂

一只老鼠试图用自己的尾巴和一位老太太交合,这样就可避免它被踩。

别这样,老太太说,在我这般年龄不便呀。

她的丈夫开口了,老鼠和你在一起所想做的就如我和你在一起我所做的。就是让人销魂。

并不让人销魂,老太太叫喊起来,这远不如你当初对我必须做的让人销魂。

然而，就在老夫妻俩争论不休时，老鼠已让自己的尾巴和老太太交合了。

待他俩发现老鼠的所为就如老头儿当年所为，老太太说，瞧呀，让人不舒服。

而老头儿也跟着说，你是对的，太动物了……

狗尾巴

一位老太太心不在焉地用狗尾巴搅拌着罐子。

她的丈夫问起这个毛茸茸的搅拌器时，老太太说，这是狗尾巴，它落到我手里了。

她的丈夫又问她是不是在搅拌呢，老太太说她不知道，现在她所有的心思都花在了狗尾巴上。

当她的丈夫注意到那条狗就在罐子里时，老太太说，哦，狗在罐子里是这样吗？我还疑惑他没有尾巴就跑到罐里了。

她的丈夫说，我敢打赌，狗喜欢那样，喜欢被它自己的尾巴把自己搅来搅去。这情况就像是尾巴在摇狗。

老太太说，我正在宠它，它居然从我手里跑脱了。我希望上帝没有在看。

她的丈夫认为这并非是狗尾巴自己跑脱的，而是狗自己跑脱的。

圣母

圣母的下巴长起了胡子。

你会介意吗？

老头脸红了，他不知道怎么回答。

我说，圣母言道，如果我变成了男人，你会介意吗？

哦，真要那样！——不会的，他不会介意；她会取代他，她会是一个新老头。他玩味着她刚才说的话……可是他忘了，他又脸红了，因为没有记住她刚才说的话。

圣母说，到时你不介意吧？

介意？

介意我变成男人？

哦，真要那样！不不，根本不介意。

于是，老头就把他的剃须刀放到圣母的祭坛上。

麦克·厄尔·克雷格诗选

李栋 译

麦克·厄尔·克雷格
(Michael Earl Craig,1970—)

美国蒙大拿州桂冠诗人,已出版诗集四部,诗作以幽默、夸张、超现实的语言审视日常生活的习惯和细节,其作品温情款款并不时融入美国大西部的自然牧歌。克雷格以铁蹄匠为职业,是美国当代鲜有的不在大学教书的诗人。

风景

你可以从我的胳膊上取血但你没有我的鞋。鞋子是窗子的灵魂。我的鞋是走路用的,但我还是会开车到处乱跑。走路的时候我总是胡思乱想。有时我也会想些事儿,想些我不想想的事儿。就像那次,他们把所有的钢琴都推上了街然后倒上汽油,而那年轻的女人,那记者,他们就用麻醉镖在她脖子上下了一枪。有时我会看到猫咪在冰箱的门板上漂下河去。城市的碎片在我们身边漂浮而过。天上有个红月亮。江湖庸医提着装满炸药的庸医包。我把毛衣扔到河里。真大不了。过了一天,毛衣出现在了我家门口,叠得好好的闻起来像柠檬。这下,我可愤怒了。

雨点儿条条打在窗上像在电影里一般

一块漆片掉在她的额头上。
一个纸箱里全是漏了气的网球
还拉了个长长的影子。

街对面一只鸟在公园的长椅上吃了个面包圈。
一部机器在灌木丛中嗡嗡作响。
雨,迟到了。

她站起身去把灯调暗。
她摆了摆相框里两颗露珠的画像。

画像把钮扣眼给遮住了。
她无法理解这个。
现在她起来了，烧了一壶咖啡。
又一块漆片掉了
掉进了她摆在窗边的一只鞋里。

那是谁是谁先说了个不字
又把他们整盘的意大利面倒进了
点缀着纸天鹅的游泳池？
那是谁是谁在床上坐了起来，看着
窗外，写着，高大
建筑物的头裹在雾里，
然后笑了？
谁说别人是地狱？
是谁先说，要不向上伸伸手泄点儿气？

耳朵前庭里的椭圆囊

整个下午我都在栅栏上
倒空油漆罐子。头顶上是飞机——
汽车大打喇叭，轮胎加速——人人向着足球
大呼小叫。

一场钢琴音乐会刚刚上演
透过了街上的格栅。

当最后一罐也空了,我去散了会步。
在公园里,我经过了
池塘边刻了字的石凳子
上面说你死了,给出了你的生卒日期,
你死的那天也就是在那天,
他们才把凳子送来。

我坐了下来举起了一只手
来把掌声停下。我的表
跳了又跳——我松了松表腕。
我把眼镜放在一棵树里
自己躺在了凳子上。

一秒秒嘀嗒得像木屐子。
公园慢了。一只小小鸟
在慢镜头里大声吼叫。

蓝知更鸟

我坐在一把棕色的椅子上。
除了我的小拇指以外。
我的每个指甲底下都有污垢。

我记得听说镇上

有个漂亮的金发美女
曾对记者说
她从不会跟一个指甲底下
有污垢的男人约会。

一首诗不该要求人
念过很多书
来理解,我曾这样写过,
而狄娜则把身子

俯在我的书桌上说
理解什么?
我什么也没说。

我又试了一次,用大写
字母写道 读者
其实都可以又愣又傻
也能明白我的诗。
狄娜点了点头。

脚踝扣上了
一匹疾驰骏马
的马镫。

我摊在了椅子上。
好像全身都被蓝知更鸟覆盖着。
那些歌声嘹亮的小玩意们。

我说"那些歌声嘹亮的
小玩意们"的时候,
有点儿口齿不清像一个男人
嘴里挨了几副老拳
但还想再聊聊蓝知更鸟。

金·阿多尼兹奥诗选

梁余晶 译

金·阿多尼兹奥
(kim addonizio,1954—)

美国女诗人、小说家,被称为"美国最刺激、最尖锐的诗人之一",诗作注重探讨生命的双重本质:善与恶、光明与黑暗、快乐与痛苦。1954年生于首都华盛顿,曾长期居住旧金山,现居加州奥克兰。到目前为止,有各类著作14本,包括七部诗集,其中《告诉我》入围2000年"国家图书奖"短名单。她曾获古根海姆艺术基金、两次"手推车奖"、两次国家艺术基金会奖和约翰·西阿第终身成就奖。

阅读莎朗·奥兹时碰翻了我的玻璃杯

牛奶在漫延
半透明的污迹
盖住了牛奶这个词,

蜿蜒而下,流向射精、
子宫和阴茎,流向砍伤
然后转向,朝着优雅的

灰色花朵和印错了的
错误数字,于是突然间
这一页纸仿佛在哭,

就像某个贫穷但虔诚的教区
一尊处女像
正欲流泪。灵液

从眼睛和摊开的手掌流下,
因此当那女孩跪在
修道院院子的雨中

触摸石头长袍上
灰白斑驳的褶皱时,
她的狼疮消失了。我觉得

那个女孩一定感到

圣母自己
已经揭示了

真实世界的本性，
雕像中的女神，
每个词的黑色绽放中

都有面包，我起身
走向厨房——
壁柜是圣器收藏室，

冰箱如礼拜堂——

洪水

意象就这样进入你，身体的百叶窗
在响，而你甚至都不用看：
冷滑的缎子床单、钢琴键、糕点的釉色表皮
突然上浮，于是你臂上的汗毛
在回忆的潮水中抬起，舌头尝到
某个情人甜蜜的盐味，当他涌向、
跳进那个你无法潜入的地点，
在你活着的每一瞬间，那里
都在变深，男人黑色的瞳孔
放大，下沉，淹没了，洪水、

香槟、音乐、灯光,一切都深不见底,
死亡的黑暗淤泥从来不会沉淀,
不睡觉的大鱼,贪婪地寻欢作乐,
还有寂静的深渊,空无一物,
这一分钟,下一分钟,最后的
呼吸一旦吐出就再不回返,哦涨水时
紧紧抓住我,别害怕,
我们将与他人汇合,我们会
记住这些,并把一切告诉他们。

为了你

为了你,我脱得只剩神经梢。
我取下首饰,放在床头柜上,
我解开肋骨,把肺在椅子上摊平。
我像药物一样溶解在水中、酒中。
我泼洒,并不弄脏,离开,并不搅动空气。
我这样做为了爱。为了爱,我消失。

吻

所有那些我曾得到的吻,今天感觉都在我嘴上。
我的膝盖感觉到它们,那些不顾一切的吻

透过牛仔裤上的洞,当时我坐在汽车引擎盖
或某人地下室的破沙发上,飘飘欲仙,那些日子
我总那样,还惊讶于男孩,甚至男人,会愿意
像马在河边饮水一样低下他们漂亮的头,品尝我。
我脖子后部感觉到它们,头发梳向一边露出后颈,
我的乳房感到刺痛,就像产后奶水到来时一样,
全身肿胀,失眠,不停给女儿喂奶,直到我把她
掰开,放进婴儿床里。即使是那些扫过脸颊的
纯洁之吻,额上的父辈之吻,我都感到它们从往日的皮肤下
冒出来,一阵细腻、玫瑰色的皮疹;还有那些销魂的吻,天哪,
我一想到它们,大脑纤维便开始疯狂嗡鸣,向外延展。
每个吻都在此地某处,如一层沙砾般覆盖着我,仿佛我是条
苍白的鱼,在蛋液的黏稠漩涡中蘸过,又在面粉中拖过,
滑进一口深深的煎锅,烤得焦黄。今天我知道我一个吻都没
丢。
我的爱在这里:手腕、眼皮、潮湿脚趾、所有的伤疤,我的嘴
倾泻赞美,依然在问,在说吻我;等我死后,吻这首诗,
它需要你知道它在继续,给它你可爱的嘴,和你活着的舌头。

缩微物品

我喜欢飞机上的伏特加酒瓶
你可以把它们排列在面板上,
以及精品酒店腌制的
迷你黑莓,卫生间有

LIGHT YEAR 光年

小肥皂和小洗浴液，针线盒
只一按就有线出来，还有针，
针眼小得看不见。我曾在博物馆
见过某些雕塑，得用显微镜

才能看见三只鸟栖息在
一根发丝上；不幸的是，
艺术家得趁心跳间隙工作，因为
拇指的脉搏会毁了一切。我喜欢

在某片土地上，我们都是巨人，
放肆踏过灌木，蜥蜴飞窜而去，
蚂蚁四散而逃，它们原本
排队爬向朽木，叶子是其

两倍大小。我喜欢不要
望进广阔太空的黑色
深渊，那只会让我
想到未来的巨大黑暗，

不管科学家们说什么
过去的光会汹涌而入。
多年前，我用成套零件为女儿
建了一个玩具屋。经过几个月

断断续续的工作，我总算

把最后一块木片粘上屋顶，
把家具摆正位置，
把一家人放进去。我喜欢

看着父亲在厨房里小便，
母亲在猫脚浴缸里跳舞，
婴儿在楼上打滚。
夜晚，当他们和我女儿

一起放上床后，我喜欢
站在他们上方，
听着屋子安定下来，
俯视那个世界，

我创造了它，也可拯救它。

诗人的生活

有一个站在紫罗兰中
听一只鸟。有一个上厕所时
迷上了月亮。有一个感到绝望，
直到号声巨响，这时你看，
他变成了颗钻石。我有把铲子。
能将它变成一首诗吗？炉上，
我正在煮一些奶蓟草。

我想它变成一篇有翅膀的论文，
趁你还在读它。你看，我上身全裸！
你听：马蹄声在靠近！
有一个淹死在游泳池里。
有一个把鞋脱了，
只想跳桥。有一个得了
老年痴呆，住国家福利院，
白胡子上挂涎。结果
证明，文字对此无能为力。
但我在这拿着铲子
傻瓜一样地挖土，
身旁是漫无边际的海，
满载垃圾与巨浪。我停不下来。
马群即将到来，那些小偷。
我依然没找到长久的爱。
我依然想听到六弦琴，
在那倒塌、消失的
海滩小旅馆里响起。
我想再次看到那些鱼
成群闪光，如同面纱，
那里海浪猛推着
防波堤。那个身穿
白裙，用一只赤脚
试探水温的女孩已不见了。
水太冷，她依然走入，所以，
唉，小心吧。

酒鬼人生

这只瓶里装着灼热的头痛，
那只里有辆车偏离了道路，
撞上邻居院内一棵树，

下一只里，一个男人脱掉
你的衣服，你旋转着
掉进黑色床单的漩涡中。

另一只瓶底：上锁的金属盒，
你撬不开，尽管能听见
有人在里面哭喊抱怨，

诉说她有多难过。
别忘了那条耻辱之虫
有时在你喉咙里舒展身体，

还有那些卫生间，你蹲在
马桶前颤抖，毛发虚弱，
体内升起一个酸痛的夜晚。

那么你在干吗，坐在那
端着半空的威士忌酒杯，
听着冰块爵士乐，一支刚点的烟

唱出缓慢的布鲁斯？某个声音

低吟着你的名字，吧台后
正倒着双份酒，酒中

次中音萨克斯开始独奏，
在变调中带你出门，听着
就像爱情，就像它永远不会结束。

第一行诗最为深刻[1]

我早已是个熟悉锅铲的人，[2]
那把有凹槽、磨旧了、带涂层的锅铲

将一个孤独的汉堡从煎锅送到盘里，
我还熟悉名叫"袖珍火箭"的按摩棒

以及特克斯型仿真阳具，
我到处寻欢，是个烂醉的婊子，

为了毁掉
别人给我的爱情，

---

1 标题出自1976年流行歌曲《第一道伤口最为深刻》。作者改为"第一行诗"，并在诗中戏仿了多首名诗的第一行。
2 参见罗伯特·弗洛斯特《我早已是个熟悉黑夜的人》第一行。

并在小药片里量出了
我的生命——左洛复、

莱斯托乐、西酞普兰、
阿普唑仑。

我得——因为我是诗人，这是我的工作和责任，
我得知道这副堕落的身体

美在哪里，
或者也许

正是这美丽身体中隐藏的堕落，
那个丑陋的我

摸索着走回书桌，亵渎
完美，把凡人的

困惑之吻
放于终极智慧的嘴上。

我的吻诉说剃刀和痛苦，我的吻说
美国充满了上帝的

疯狂。[1] 即便在周日，

---

1 参见杰拉尔德·曼利·霍普金斯《上帝的光辉》第一行："世界充满了上帝的光辉。"

士兵也得早起，在忧郁中穿上军服——

黑日子。黑奶。黑金。德州茶。[1]
步兵进入哈里伯顿所在的山谷——

为什么某一个月会是最残酷的？[2]
不是每个月都同样残酷吗？我看见我们这一代

最好的赌徒，[3]开着 M1 坦克穿过
满是污水的街道。这是

谁的世界，我想我知道。[4]

---

1 "黑奶。黑金。德州茶。"都指石油。
2 参见 T·S·艾略特《荒原》第一行："四月是最残酷的月份。"
3 参见艾伦·金斯堡《嚎叫》第一行："我看见我们这一代最好的头脑。"
4 参见罗伯特·弗洛斯特《雪夜林中驻足》第一行："这是谁的树林，我想我知道。"

托尼·巴恩斯通诗选

二人 译

托尼·巴恩斯通
(Tony Barnstone,1961—)

美国诗人、学者和翻译家,推崇美国诗人沃尔特·惠特曼,对威廉·卡洛斯·威廉斯颇有研究,曾先后在希腊、西班牙、肯尼亚和中国生活多年,现任洛杉矶私立大学惠蒂尔学院英文系教授。巴恩斯通的诗歌,既不惮于引经据典古希腊神话哲学、中国老庄玄禅、无政府的达达主义,也不耻于用科幻、侦探、民俗、恐怖、间谍等下里巴人入诗,波澜不惊、貌不惊人的文字下面掩抑着海纳古今、气吞山河的野心和魄力。他的诗歌是对由语言构筑的意识形态牢笼的主动背叛,妄图在现有的语言森林中,通过诗的再创造探掘分岔花园中的秘密小径。他把那些已经深入人类文化骨髓、扎根意识形态的原子,摘出来,打散、重组,甚至打碎、嫁接、糅合。与其说巴恩斯通在创造诗意,不如说诗意早已散落、掩埋在读者的心田,他的诗像牵线木偶轻轻一提,诗行和诗行便熙熙攘攘地排起队,在文字间一波接一波汹涌的,是蓦然回首的似曾相识,也是毕加索的公牛、杜尚的小便池。

动物寓言集（组诗）

弗兰肯斯坦开口

我的卑悯滋养满腹恶毒
每个人唯恐避之不及
你也恨不能撕我个粉碎，我的造物主
是你一针一线把我的掌缝上腕，
腕缝上臂，臂缝上膀
你的荣耀在我墓寂的血肉中
充满 温暖
但化不掉你对我冷若南极冰。
既然你是上帝，我将更是我自己
不像耶稣被为死而生，一个更好的角色——
我将成为魔，善就是我的恶
既然你不爱，我就让一切倾圮：
枯竭你的心，让你颤栗
让你打从出生就开始后悔不已

物

有名之前是无名，其微
无名之前没有天，没有大气
水从宇宙果仁漫延向世界的犄角
有物呼吸，在哪里？
在黑暗后藏匿的黑暗，怎样的深渊
无以度其深，到处汪洋大海，

没有死亡，没有不朽，没有生命之光
而物无声搏动的脉
也许就是众妙的原子核里
第一推动力牵引下旋转的分子
正是天地间所有的念想
也许就是人的上帝，也许并不是
世界向虚无祈祷：阿门、阿门
　　就好像真有物会介意？

陌生人的新闻报

多久，他始终音讯全无
诸神被权衡、编谱、归档之前
世上是诸多不幸，一些圣战，
酷刑，以及被烧死的女巫
而天使丢下他们的荣耀之矛，哭泣
最终，传闻他从这交易中隐退
他说，累
再也不想——谁又想呢——像邪恶的银行家——清理
清理我们的债
他曾是日，群星环绕
现在值得一方小小的讣告
在草编帽广告折页下躺开
我望向外面若隐若现的轨迹
将读完的报纸还给陌生人：
"知道上帝死了的新闻？"
他诡笑："上帝就像僵尸，他们会回来。"

第一个黑暗骑士

从坠落的深渊挣扎起
我的羽翼拖曳焦油，扎向天穹
上帝鼓起肥硕的脸蛋吹气
我像断线风筝一样拘窘
在旋转的云霄里
跌跌撞撞，城邦上闪耀的弧光
我，黑暗骑士，向天门猛击
将对主的仇恨尽情释放
他会派光明天使迎击？
他沙哑的声音会将我的炮烙之刑宣判？
不，不！这谜一样的多面小丑
我猛击，猛击！他竟沉默不言
"没人在家。"上帝的扑克脸无人出其右
能怎样？再见！

双头人

这人总是与自己博弈
因为他有两个脑袋
一个乐观开朗，精灵一样飘逸
另一个是阴暗多毛的丑八怪，
总是风钻一样喘息抱怨
人们总是恶意嘲笑：
"一个有头有脸的男人"或"看，双胞胎"

丑男没有爱，美男倒曾有些姻缘
直到搭档粗鲁的秋波瞎搅——
"我要自由！"他说，
让地蜈蚣从兄弟耳里爬入，吃掉大脑
他感到半死不活
我杀了我自己，他想，将他的头一搂
夜里低语："我的头啊，我的头。"

斯芬克斯

惨白的撒哈拉沙漠上栖息一只怪兽
盘着健硕的腰臀和宽厚的狮爪
胸前垂挂着多毛的女性乳头
猛狮的獠牙装饰她人类的下巴
她吞食旅者，一旦答不出谜题：
什么最初是四条腿，然后两条腿，最后三条腿？
打败斯芬克斯的名叫俄狄浦斯
最初是游子，然后是牧人，
最后接踵而至一系列任务：
弑父者，忒拜国君，
以及他孀寡老母的丈夫
命定万劫几何他将知闻
六合之内众生
莫如世上最伟大的怪兽：男人

最初的记忆

我被羊毛毯包裹牵引
蓝色的子宫里,在琉璃后摇曳
夜色被大地抽离,看
外面的白桦树掩映着银霜

友好的马厩里
白驹吐着香甜的肥料和皮革的气息
张开洞穴一样的大嘴
在每个清晨向我致意

夜色中擦出的白皙弹痕
透过天空的眼睑洒在大地

我总是先于活着在死亡中醒来
因为我还太年轻

而再聪明我也读不懂
月亮,那些陌生的名词,
沿着梦游者的梦
我爬进自己的婴儿床和襁褓
那柔软的环抱着我的恐惧的蓝天

疑问在记忆的散光里
像一枚明亮的硬币打着圈儿跌倒
像我在那些年的襁褓中摸爬滚打一样,

远离隆斯万特路的那座房子
以及仅在那个夏天我们曾拥有过的马驹

即便现在，当睡意关上意识
我在海底高原上的草丛中游行，
我在寻找着那些马驹
但它们发狂似的
从澎湃的草丛中遁走。

而脑海中矗立着一座建筑，
不知从哪里，在梦中拔地而起。

可能是凯彻姆先生的牧场里
那些探出头的覆满青苔的页岩石，
灰暗的罗塞塔石碑上隐逸的象形文字
多久，才迎来明朗的一天。

可能是突然有一天
我在林中找到的一片空地
　　养鹿场附近
　　　一块神秘的草地
那片我再也不曾找到的空地
无论三十年来如何在山中寻寻觅觅

或许可能是这片老旧的白房
一个男孩儿在那里
从二楼望向窗外

当我蜿蜒着穿过长满马利筋的旷野
黑眼睛的苏姗
那个我总是要前往的地方

而马厩对我张开黑色的大口
这时我开始懂了。

我读过一本书，一本讲述死亡的书

我读过一本书，一本讲述死亡的书
死！它说，死了的海鸥

展开长长的翅膀
从钟塔上坠落，死了的守夜人

挂着围墙的肋骨
在漆黑的工厂里跑过，死了的光

落在我身上的最后时刻
讲述着来自天际的红色游戏

靠在瞭望台上的绿色靠椅，
在每一声死亡的六点钟鸣

我像是雨下摇曳的花朵

在每一声死亡的六点钟鸣

我想要油腻腻的垃圾食品
油炸玉米饼和木须肉，猪小排沾满肉汁

我穿过剧院，走向住宅区，
在死一样的街道和死一样的时间

一个死了的孩子冲我微笑，
夜弥漫着橘树的味道

给打死都不可能认识的陌生人
一个英镑，一个无家可归的男人

然后，我很快乐，我很快乐。

瓦斯科·波帕诗选

夏超 译

瓦斯科·波帕
（Vasko Popa，1922—1991）

罗马尼亚血统的塞尔维亚诗人，诗风奇特，将一种原生的想象力展开在文本、数字和宇宙万物之间，融合了民间故事、神话和童话等特点，使得诗作展现出超现实的神秘色彩。

在我祖先的村庄

有人抱我
有人用狼眼盯我
有人摘帽子
让我更好看清他

人人都问我
你知道我是谁吗

陌生的老头老太
盗用我记忆中
少男少女的名字

我问他们中的一人
老伙计请告诉我
乔治·柯尔嘉
是否还活着

我就是，他答道
用来自另一个世界的声音
我用手轻抚他的脸
默默恳求他 告诉我
是否我也活着

灰烬

一些人是夜晚其余的人是星星

每个夜晚点亮它的星星
绕着它跳黑色的舞
直到星星熄灭

然后夜晚分裂
一些人变成星星
其余的人仍是夜晚

再一次每个夜晚点亮它的星星
绕着它跳黑色的舞
直到星星熄灭

最后的夜晚既是星星也是夜晚
它点亮自己
绕着自己跳黑色的舞

灵魂中的鱼

一条银鱼在灵魂中
鱼体内有一根细稻草
稻草上有一件华丽的花衣裳

衣裳上有三颗纯洁的星星

我们想要那条银鱼
我们饥肠辘辘
鱼害怕地想要逃走

我们剖开鱼
细稻草在鱼体外断裂

华丽的花衣裳破碎一地
三颗纯洁的星星
失去了纯净

至于那条银鱼
甚至猫都不想吃它
我们非常失落

现在我们灵魂里漆黑一片

采花贼

一个人是一棵玫瑰树
一些人是风的女儿
一些人是采花贼

采花贼爬上玫瑰树
其中一个偷采一朵玫瑰
藏在心中

风的女儿来了
看到树的美被掠夺
追踪采花贼

逐个打开他们的胸膛
在一些人体内找到一颗心
在一些人体内呐空无一物

她们继续打开他们的胸膛
直到掀开一颗心
在那颗心里有被偷的玫瑰

一个健忘的数

从前有一个数
纯粹而圆，如太阳
但是孤单非常孤单

它开始和自己运算

它和自己相除相乘

它和自己相减相加
仍旧孤单

它不再和自己运算
将自己关在它的圆中
关在明媚的纯粹中

外面留下它
激烈运算的痕迹

它们在黑暗中互相追逐
在该相乘时相除
在该相加时相减

一切发生在黑暗中

没人要求它
叫停那些痕迹
将之擦去

钉子

一个人是钉子另一个是钳子
其他人是工人

钳子夹住钉子的头
用牙用手抓紧它
拉它用力拉
要将它从天花板拔出
往往他们只能拔下它的头
从天花板取出钉子是困难的

然后工人们说
这把钳子真没用
他们砸碎其下巴拆掉其手臂
扔出窗外

之后另一个人是钳子
另一个人是钉子
其他人是工人

image

影像

恐怖袭击之后的巴黎面孔

陈家坪 撰文　崔岳峰 摄影

　　　　一张照片既是一种假在场，又是不在场的标志。

　　　　　　　　　　　　　　——苏珊·桑塔格《论摄影》

　　在2015年巴黎恐怖事件发生的当晚，摄影师崔岳峰正在蒙田大道一家米其林餐厅吃饭。那是一个完全休闲的场合，他在那儿还遇到了法国前总统萨科齐。2015年11月13日9点半过后，他第一时间是从手机上看到巴黎被恐怖袭击的消息。于是，赶忙回到酒店，躲在房间里静静地看新闻，他第一次感到死亡就在自己的身边。

　　第二天，他上巴黎街头拍摄。一路走过最繁华的区域，游客明显见少，但穿着考究的巴黎人却没有少，他们还去咖啡店，还遛狗，还在河边散步。那一刻，崔岳峰感受到，巴黎不再是繁华，而更多的是祥和。

　　但是，事件的真相是什么呢？2015年11月13日深夜，一场毫无先兆的连环爆炸、枪战打破了巴黎夜空的宁静。当时，法兰西球场正在举行一场德法足球友谊赛。爆炸发生时，法国总统奥朗德正现身球场观看比赛。

　　据法国BFMTV电视台报道，那天晚上，巴黎至少发生了六起枪击事件，位于圣丹尼的法兰西球场至少发生了3次爆炸。与此同时，有目击者见到两至三名枪手进入巴黎市内的巴塔克兰音乐厅，随后朝内开火并绑架人质。袭击中有多人侥幸逃过大难，其中巴塔克兰剧院便有一男子沃纳不顾安危，哀求枪手放过自己的兄弟，枪手心软最终让他和其余50多名观众保住性命。14日凌晨0点08分，法国安全部队向音乐厅发起冲锋。

法国总统奥朗德对全国人民发表讲话，称巴黎恐怖袭击是"战争行为"，系由境外IS组织策划实施，法国国内势力协助。法国立即进入紧急状态并关闭了所有边境口岸。巴黎警方要求所有市民待在家中，不要外出。巴黎市政府官方"推特"账号也发布消息，要求全市所有公共设施在14日关闭，其中包括学校、博物馆、图书馆、体育场、游泳池和公共市场。这是法国自20世纪阿尔及利亚战争以来首次进入国家紧急状态。15日，法国战机与美军协调，对极端组织IS在战场上的目标实施空袭，摧毁了该组织的一个指挥所和一个训练营。

在这起恐怖袭击事件中，恐怖袭击者被全部击毙。法国遇难人数132人，300多人受伤。一名中国公民在袭击中受轻伤。这起事件造成的经济损失约20亿欧元。

就在这一年的1月7日，因《查理周刊》此前刊发了嘲讽伊斯兰宗教先知穆罕穆德的漫画，位于巴黎总部的《查理周刊》遭遇恐怖分子袭击，导致12人死亡；其中不仅包括杂志总编、4名漫画家和多位记者，而且还包括两名警察和一名经济学家。当天中午11点30分左右，3名恐怖分子手持自动步枪和火箭筒袭击了该杂志的总部办公室；同时遭遇袭击的，还有一家犹太人食物超市。2月23日，法国表示要正面迎击IS的威胁，并派出"戴高乐"号航空母舰前往海湾巡游两个月以加强空中打击力度，这被视为法国因《查理周刊》事件，对IS方面的打击报复升级。

而在巴黎恐怖袭击事件的一个星期之前，11月5日，据美国"防务新闻"报道，法国总统奥朗德下令戴高乐航母再次向中东移动，借以提高法国在叙利亚、伊拉克打击IS极端势力的作战能力。更早前的9月27日，出席纽约联合国大会的奥朗德证实，法国战机对叙利亚境内的IS极端组织展开了突袭。这是一年前法国空袭伊拉克境内的IS势力后，首次对叙利亚境内的IS极端组织展开空袭行动。这一系列的行动显然严重刺激了极端组织，法国在欧洲国家中的高调行动使 IS 极端组织不时通过网络放话，将对法国展开报复行动。

卓越的政治学家亨廷顿一直把冷战后各国发生的恐怖袭击事件看成是"文明的冲突"。但事实上，人类社会无论是意识形态之争，还是不同民族或国家之间的冲突，归根结底都是反映了不同现实利益的冲突。从文明的角度看，欧洲基督教文明跟阿拉伯世界的伊斯兰文明并不只是意味着冲突。在伊斯兰教 1400 年的历史中，英国学者罗伯特·布雷福特就说过："如果没有阿拉伯人，现代的欧洲文明就根本不会出现；如果不是受阿拉伯文明的影响，在 15 世纪，真正的文艺复兴就不可能发生。"

非常有意义的是，从公元 8 世纪到 11 世纪，阿拉伯世界开展过一场历时两百多年的翻译运动，把古希腊、古罗马的著作翻译为阿拉伯语。到阿拔斯王朝结束的前期，古希腊科学典籍中全部的重要著作和大部分较次要的著作，都已译成了阿拉伯文，其中包括柏拉图、亚里士多德、托勒密、欧几里得、阿基米德的主要著作。美国总统尼克松曾说过，当欧洲还处于中世纪的蒙昧状态时，伊斯兰文明正经历着它的黄金时代……几乎所有领域里的关键性进展都是穆斯林在这个时期里取得的……当欧洲文艺复兴时期的伟人们把知识的边界往前开拓的时候，他们的眼光看得很远，因为他们站在伊斯兰世界巨人们的肩膀上。

恐怖主义可能是一个国家内部社会问题的产物，也可能是国际环境的产物，归根到底，恐怖主义是一个社会问题。近几十年来，有些恐怖组织打着正统的伊斯兰教旗号，这并不能说明伊斯兰教与恐怖主义有着必然的联系。二战后，犹太复国主义运动中的少数极端分子曾通过一系列暴力攻击平民以加速以色列建国；二战后有西班牙的"埃塔组织""爱尔兰共和军"、意大利"红色旅"、"日本赤军"、德国的"赤军旅"、中国的"东突"；20 世纪五六十年代，阿拉伯民族一些极端分子为了反对以色列建国也发起了恐怖主义攻击。每个国家、每个种族，不同宗教的极端派别都有可能产生恐怖主义。据美国《外交政策》披露，在美国实施全球反恐的 12 年间，全球死于恐怖主义的人数增长了 4000%，增幅越来越快。全球死于恐怖袭击的人数从 2013 年的

17981人上升至2014年的32727人，增长81%。与此相比，2014年美国全年死于恐怖袭击的有24人，9·11以来，美国平均每年死于国际恐怖主义的人数是28人。而伊拉克人口三千六百多万，2014年因恐怖袭击死亡的人数1.5万，是美国因恐怖袭击死亡人数的625倍。

通过暴力攻击非武装的平民来达到特定目标是一般恐怖主义的共同点。法国，包括整个西方社会要彻底解决"伊斯兰国"恐怖组织带来的暴恐问题，需要从两个方面采取行动，一方面是直接打击"伊斯兰国"恐怖组织在中东地区的据点，另一方面要对自身社会的经济和政治结构进行改革，让大量的穆斯林新移民能够真正融入当地社会。

就巴黎暴恐事件而论，没有赢家，只有输家。法国遭受如此之大的灾难，又不可能借反恐为由在中东扩大影响，只能是输家；在西方国家的武装攻击下，"伊斯兰国"占领的地盘本来就在收缩，又遭到俄罗斯的武装打击，法国进一步再加大武装打击的力度，这个残暴的恐怖组织力量会进一步缩小。此外，巴黎恐怖袭击遭到包括中国在内的世界各国的强烈谴责，同情者更少，吸引力会下降，长远看，"伊斯兰国"也是输家。

战争灾难和恐怖袭击灾难对普通民众都是无辜而彻底的伤害。法国作家萨特曾写过二战期间德国《占领下的巴黎》，他认为，对于人的生存意志来讲，那仅仅是一场可怜的考验："许多英国人和美国人来到巴黎时发现我们没有他们想象的那样消瘦，无不感到惊讶。他们见到妇女穿着优雅的连衣裙，似乎还是新做的，男子的上衣远看也不失气派；他们难得看见通常表明营养不良的苍白脸色和生机萎缩。"同样，摄影师崔岳峰的摄影照片，也反映出了巴黎普通民众非常强大的生存面孔，它使得这些照片于日常生活的平静中饱含着存在的力量，正如苏珊·桑塔格在谈论摄影时所说："照片本身不能解释任何事物，但却不倦地邀请你去推论、猜测和幻想。"

2017.8.14

摄影作品 崔岳峰 摄

摄影作品 崔岳峰 摄

摄影作品 崔岳峰 摄

摄影作品 崔岳峰 摄

摄影作品 崔岳峰 摄

摄影作品 崔岳峰 摄

摄影作品　崔岳峰　摄

摄影作品 崔岳峰 摄

essay

随笔

鲁瓦河口札记

(2004年11月—12月节选)

宋琳 撰文

> 我注意到茨维塔耶娃的一个观点:诗人是处于各种自然力的交汇点上的人。设想,那是一个何等危险的位置。诗艺难道不像钢丝绳上的平衡术吗?除了出色到不露丝毫破绽地把困难变成动人心魄的演出,似乎别无选择。做一个诗人就意味着被这种不能称为职业的困难职业所选择。我个人更倾向于认为,诗人应该处于时代事物与终极事物兴趣的中心。

11月6日,星期六

中午,火车抵南特。这座城市位于法国西北省份布列塔尼南部,是大学城,科幻小说的鼻祖儒勒·凡尔纳的故乡。一出站帕特里克·德维尔(Patrick Deville)就点上一支烟,他很疲倦。德维尔是圣纳泽尔市"外国作家与翻译家之家"(Maison des Écrivains Étrangers et des Traducteurs,简称MEET)的主席,属于新一代"新小说"作家,他的长篇《望远镜》曾在中国翻译出版。我是十一、十二月份写作计划的客人,帕特里克专程去巴黎接的我。

我们在火车站对面的一家饭馆找了个靠窗的座位坐下,侍者同意让我把行李箱搁在门边空处。我的时差反应还没有消失,前天从布宜诺斯艾利斯到巴黎的飞机上我几乎未睡,昨夜在孟明家又聊到凌晨,只不过我的躯体尚未意识到劳累罢了——旅途的持续兴奋在火车进站的瞬间通常会自动放松下来。

帕特里克在给南特大学打电话,下午我先要去外语系参加一个对话会。午饭后我们去逛了植物园,那些高大的树木令我想起布宜诺斯艾利斯。广玉兰的阔叶间隐约可见微红的松塔状果实,挂着串串小灯笼的槲寄生的叶子则是齿状的,在布列塔尼乡村,我曾看见人家门上的槲寄生枝条,据说是为了辟邪,这与我们中国人用桃枝辟邪的习俗相似。我们绕着园子走,几个外国游客兴致勃勃地在捡落在树下的柿子;凉亭附近,一个矮小的老太太把各种形状的叶子小心搜集在一个木盒里。通往小丘陵的甬道旁有几株巨松。我们找到了凡尔纳的雕像,这位我至今喜爱的作家,靠天才的想象力完成了海底和登月旅行,实际上终其一生从未登上从家乡出发去世界各地的任何一艘大帆船。

到南特大学时对话会已经开始了。没有翻译,我只能自己对付了。主持会议的女教师弗兰索娃丝·卡里涅尔(Francoise Garinier)问我如何理解"我坐着,跟一个隐身人交谈"这句诗,那是我的组诗《多棱镜,巴黎》中的一行,显然她已经读过《关于域外写作的一封信》的法语译文。我在文中谈到域外写作的对话性质,但交谈的对象是谁并不确定,他或她可能是多重声音的一个替身。我经常被问及"想象的读者是谁?"其实无论东方人还是西方人,域外写作的理想读者应该是对不同文化的异质和同源具有高度感受力的人。

会后,另一名韩国裔女教师 Kza Han 送给我一本她与人合译的德法文对照本荷尔德林诗选,我对她的语言能力感到惊讶。若不是出于热爱……

11月7日,星期天

"醒来已是正午。"这是我在圣纳泽尔的第一个工作日。我睡的这张大床曾经有多少外国作家和诗人睡过?今年已有5个来自不同国家的陌生人先我住进这间位于公寓十层的套房。中国作家中我听说韩少功和杨炼曾是这里的客人。床单是旧的，但很干净。窗外视野开阔——鲁瓦河波光粼粼，自东向西缓缓注入大西洋。直到圣诞节，将只有我一人是这里的主人，我将是我自己的皇帝，明晃晃的钥匙就放在桌上，可以随时听我使唤。但愿我每天睡得好！"主啊，请让我们精力旺盛！"

错过了观看大帆船队集结的场面，据说有数百人前去码头送行。我睡得太死了，没有听见任何喧闹声。不知道那些船要驶往何处？这里往昔曾有客轮与国外通航，热闹非凡，现在进出河口的通常只有货轮和渔船了，我这个外乡人也不免为此平添一丝惆怅。这间高悬于河口上方的客栈多少有点像桅楼，大西洋的潮汐托举着它，我需要安心的写作来平衡晕眩。

11月8日，星期一

写作间里摆着两张桌子，我只用小的一张写字，另一张放书和稿纸。有软座垫的木转椅坐上去很舒适，地毯的红色增加了点单人仪式的气氛。但愿这间召唤过精灵的密室带给我灵感。不过谁能预知呢？多年的海外生活使我彷佛得了晕陆症，就像窗外那些嘎嘎叫上下翻飞的海鸥，陆地使它们局促不安，只有在水面上才能获得平静。上午我在前阳台上注意到，连接旧潜水艇站与河口的内河上的吊桥升起时，海鸥们就显得格外兴奋，它们如同一堆风撕碎的布偶的残片，被一只巨婴的手臂簸扬向天空，久久才散落下来。多年的海外生活——这几个字像压舱石，想呕吐的感觉使我无法开口说话。诗歌，抑或药片，必须能给需要者以帮助，且只有到了海上人才知道淡水稀缺意味着什么。现在去寻觅为时已晚了，你只能嘴唇干裂着熬过去。

11月10日，星期三

去菜市场（Halles）途中向一个黑人妇女问路，她冲我摇摇头，咕哝着表示不会说法语。我回头看她，想象她来自哪个国家，怎样来到法国，靠什么生活。而她不就是十多年前的我吗？与熟悉的一切隔离。寂寞。百无聊赖。

前路茫茫。一个被看不见的乡愁牵扯着的远在异乡的木偶。木偶没有表情，移民的脸上一律没有表情，他们都有一张木头脸，目光低垂，避免与人对视，即使望着前方，也空若无所视。在移民局里排队的人群彼此都不说话，想说话也无从开口，缓缓地朝向办事员的小窗口移动。沉默时是保得住尊严的，于是他们即使遭白眼，也总是默不作声。他们中的多数不知道什么是殖民史，心里对这个接受他们的国家是有所亏欠的，尤其是，如果你来自某个战乱或政治动荡的地区，你本应心怀感激才是。

我听说过一些欧洲作家的"避难城计划"，我也了解法兰西的好客传统。伊夫·博纳富瓦的诗句"愿有一席之地，留给远方来客"，经常在我的脑子里萦回。诗，就这一行，曾带给我多少安慰呀！

傍晚时分，海鸥全都在高飞，在夕阳柔和的光线里侧转它们肥胖的身体，我注意到没有一只海鸥待在建筑物的阴影里。我决定到河口的灯塔那儿去，它矗立在防波堤尽头。我沿着防波堤奔跑，一艘大船正好驶向河口，有一阵子我与它平行向前，但它最终将我甩在了后面。

11月11日，星期四

今天是"一战"停战纪念日，天大晴。全法国放假，所以港区静悄悄。

13年前的今天我初抵巴黎。接受11月11日这个日子的暗示意味着我是一个和平主义者，反对一切战争。爱因斯坦询问过弗洛伊德，战争会消亡吗？弗洛伊德回答说：不会！——令人绝望的结论。来自死亡本能的毁灭性能量主导着人类的基本行为，所以侵略、扩张、种族清洗和各种暴力形式的罪愆都不会终止。我希望弗洛伊德是错的，尽管我找不到相反的证据。

圣纳泽尔城在"二战"中被毁得相当彻底，除了高大松树掩映下一些幸存下来的房屋散落于海滨，保留着古老的风韵，城区的建筑多是新的。德军修建的潜水艇站——这个钢筋水泥的庞然大物在河口一带显得格外刺目，它甚至是不可摧毁的。

一只三角帆船在鲁瓦河耀眼的河心逆流而上，远眺中那倾斜的帆几乎是贴着水面的。河对岸是圣布列宛。秋日的天空下，大地依旧覆盖着林木稠密的葱郁。

海鸥的叫声听起来像簧风琴。

午后陆续有汽车开到河滨公园来。溜旱冰的人，遛狗的人，自然还有玩掷铁球游戏的人。在渔具用品商店前的空地上，一个男人装扮成马戏团的小丑，手里牵着两个气球，让人随便拍照，逗围观的小孩子玩。

Dost 1 号——来自伊斯坦布尔的大轮船驶进造船厂，前面的 ST Deni 号拖轮则小得多，难以想象它有如此大的马力。准备过吊桥的人们簇拥在航道两岸，等待着那庞然大物缓缓通过。

晚间新闻：阿拉法特今天凌晨 3 点 30 分在巴黎病逝。他在今天这个日子辞世有什么象征意味呢？

11 月 15 日，星期一

客厅的书架上摆放着差不多一个半架子的书，大都是 MEET 出版的做客诗人和作家的集子。齐奥朗（Cioran）那本厚厚的《笔记（1957—1972）》我前几天就注意到了，直到刚才才有勇气取下来。在 232 页，我读到下面一段文字：

> 我不是一位作家，我不会设置转换，对冗长的技艺无知。事实上我写的所有东西都显现为磕碰、断续、不连贯、笨拙。我厌倦词语……
>
> 简明——我的特权与不幸。

这位罗马尼亚裔的流亡者，去世前一直生活在巴黎拉丁区的阁楼哲学家，他的思考似乎沉浸在反哲学的氛围里，对他来说，从否定中获得真实感远胜过导师们的冠冕堂皇。我对他的古怪略有所闻，听说他年轻时曾骑自行车周游法国。不连贯，笨拙，尤其是对词语的厌倦——我以为恰是一个诗人需要的素质。"厌倦了所有带来词语的人"（特朗斯特吕姆）。诗应该成功地抵制流畅——我指的是无节制的独白。对于正在写的组诗我将以对话为原则，这点我毫不犹豫，但对话性是更为内在的，隐含于重要事件、场景、孤独和疼痛记忆的片断，有时单独呈现，有时交叉或重叠。经验的水晶。

11月16日，星期二

工作了一整天，疲惫而满足。傍晚下去到帕特里克和伊丽莎白（作家之家的秘书）的办公室，他们忙于准备张贴海报和作家节（18号至21号）的议程等事宜。巨大的海报以大海和沙漠为背景，画面上有轮船、佛塔、一个土耳其商客和一个拉二胡的中国人的形象。作家节每年选两个不同国家的城市为对应点，今年的"双城记"是北京和伊斯坦布尔。之后我们又一起来到克利斯多夫的饭店。我要了啤酒。闲谈中突然回忆起小时候在老家七步的山上等待远在外地的父母的情形，我几乎是忍住不让眼泪流出。那个漫长等待的故事，多年来一直埋藏在我的心里，等待着获得轮廓清晰的表达。记忆仿佛一种缓慢的焚烧，伴随着时间的灰烬，像我熟悉的冬天暖炉里的灰烬，当它们被轻轻拨开，炭火就裸露出来，恢复了原先的热度。我的一生或许都要在那种等待的姿态里度过。冬天拥着竹编的火笼（一种小暖炉），夏天坐在后山的油桐树上，生怕错过每天正午时分抵达的长途车。瞻眺是我的隐痛，而我从不知道那张面容里的年龄。我的冲动也许不合时宜，但我几乎是被借用而开口的。诗歌怎样与生命中的奇境相遇？怎样在如此这般的陌生场合，在陌生人面前克服羞涩，分享各自的纯真轶事，并且将此突发性理解成一种被赠予的东西？矜持比真诚更重要吗？

弗罗伦斯也来了，还有他们的儿子皮埃尔，于是帕特里克建议我留下和他全家一道吃饭，我推说还要工作一会儿就告辞了。克利斯多夫请我明晚八点半跟他一起看法国队与波兰队的足球赛电视转播。我问他支持哪一边，他做了个不置可否的表情。

夜里我躺在床上，回忆继续侵扰着我。一些破碎的句子像月亮下面海水的泡沫，摇晃着，没有地方可溢出。而在内心深处，我需要的是一眼能从下面看着我的乡井。

> 在外祖母的山上，灯芯草流泪了
> 杜鹃花呀只顾把那爱吃蜜的招引

11月17日，星期三

晚上去了饭店。比赛还算精彩，虽然双方都未进球。边进餐边看电视的顾客跟克利斯多夫不断开玩笑，这位前波兰国脚今晚代表的是他的祖国，而且他同为国脚的堂弟今天就在波兰队踢球，他颇得意地指给我们看穿11号球衣者。我特地带去中文版的米沃什诗集《拆散的笔记簿》，这是我随身带来圣纳泽尔的几本书之一，书上有他同胞的照片。他很高兴见到这本他一个字也不认识的书。球赛接近尾声时克利斯多夫让服务员端出伏特加请大家喝，平局对于在场的他的朋友们来说也是最好的结局，人人都把酒干了。

坐在我邻桌的男孩过生日，他父亲带他来吃饭。看见我跟那男孩说话，做父亲的便也与我热烈地攀谈起来。之后问我有空是否愿意坐他的车就近逛逛，"例如，圣米歇尔山？"他说。我欣然接受了他的邀请。这样一来我们算是认识了。他就叫米歇尔，是一位工程师，更让我吃惊的是，他居然姓巴别（Babel），我没有告诉他本年度作家节会刊的刊名恰是"巴别的幸福"（"Les Bonheurs de Babel"）。稍有点迷信的人都会留心巧合，至少它对心理的暗示作用是不该忽视的。我猜测"巴别的幸福"指的是谙熟多种语言的作家和翻译家能够自由穿梭于不同文化，从陌生的语言中发现人们称为异国情调的那种特殊趣味的幸福，或许还不止于这些，还应包含人类同源的意识以及超越宗教习俗和地缘的限制达成理解、合作，诸如此类。会刊上登出了帕特里克写的前言，他引用了诺贝尔获奖作家卡内蒂的话："不同祖籍的人们在那儿杂居，可以听见他们用七八种语言交谈。"出生于保加利亚的卡内蒂八岁开始学习他的第五种语言德语，并用该语言写作，他说的德语带维也纳口音、西班牙语的节奏，1938年从奥地利逃亡英国时他使用的是土耳其护照。这位以"获救之舌"命名了自己一生的写作的犹太裔作家，我们无疑可以从他身上看到巴别塔神话之光的折射。

11月22日，星期天

今天的中国当代文学专场吸引了七八十个听众，反应相当热烈。不过我觉得真正的文学对话在如此场合根本难以深入，我们的在场不过是为日渐退出公众视野的文学（以及处于边缘之边缘的中国翻译文学）提供一次自我辩护罢了。杨炼曾在此地做客，作家之家也已出版了他的诗集，所以有些听众对他并不陌生。尚德兰为我们做同步翻译。杨炼每说一句便停下，等尚德兰翻成法语，而我不太习惯这种方式，后来干脆直接用法语回答问题，至于用词不够精确可能造成的误解我也不去管了，这样起码要亲切一些。

法国女作家丽莎·布莱斯奈尔（Lisa Bresner）懂中文，出版过几部中国题材的长篇小说，还翻译过有关列子的书。或许她征引谢阁兰、伏尔泰、乔治·巴塔耶等作家对中国的论述更符合人们对中国的想象。"自启蒙时代以来的很长时间里，欧洲一直在设问：中国能否为我们的社会、政治与宗教问题提供解决方案？"与这种东方化的兴趣相反，如今中国正在经历价值观的去西方化。而在文学领域，本土性的重建是否要以拒绝现代性为前提？用谢阁兰的态度反观我们自己是颇具讽刺性的："希望同样有吸收力的中国不使我太专业化。我需要先感受它而后认识它，融合二者并使之牢固。"他的开放性写作对寓居海外的中国诗人而言无疑更为警醒。

11月23日，星期一

Meeting活动结束了，早晨我去送尚德兰。最后一批人已离去，我和帕特里克离开旅馆往潜水艇站走时，有一种曲终人散的寂寞。昨天我把烟嘴忘在咖啡馆了（我和尚德兰在里面工作了一个下午），幸好服务员看见并为我收藏着。尚德兰在码头一带拍了一些照片，这几天她都是一大早就出去捕捉阳光照在铁锈上的斑驳影像，但天公不作美，她抱怨光线不足。她也对高高低低的缆绳柱感兴趣，那个凸起物与男根相像，她告诉我它在法语中的性隐喻时我们都很开心地笑了起来。水手接住从高高的甲板上抛下的缆绳，把它套在上面，于是再大的船就被这个小东西拴住了，再大的风浪也不能将它挣脱。我喜欢看系缆和解缆的动作，那人吹着口哨，若无其事地拿着缆绳的样子，仿佛牵在手里的不过是件玩具。孟明借给我的相当专业的照相机在圣纳泽尔并没有派上多少用场，我还是习惯于用自己的眼睛去看。

我注意到茨维塔耶娃的一个观点：诗人是处于各种自然力的交汇点上的人。设想，那是一个何等危险的位置。诗艺难道不像钢丝绳上的平衡术吗？除了出色到不露丝毫破绽地把困难变成动人心魄的演出，似乎别无选择。做一个诗人就意味着被这种不能称为职业的困难职业所选择。我个人更倾向于认为，诗人应该处于时代事物与终极事物兴趣的中心。

昨晚我们在那家餐馆吃告别晚餐时，我推开一扇通往花园的门，见到架子上果实累累的西番莲。它的法语发音很好听——Passiflore，而这种植物的另一个名称——Fleur de la passion 很容易让人联想到耶稣受难那个专有名词——Passion。隐秘的关联。世界迷宫和词的拯救。

盖根（Guéguen）先生想约我 11 点见面，可是办公室没人他无法找到我。中午我从阳台上看到他从吊桥走过，我朝他叫唤，但他耳背听不见。

11 月 23 日，星期二

Le Marite 号纵帆船又来了。停在老地方。有人上船去。雾从大西洋方向向鲁瓦河蔓延，灯塔和对岸都看不见了。伊丽莎白打电话来，告诉我盖根先生的号码，我随即拨通了他的手机，没人接，于是留了言。中午果然有电话来。刘莹——从上海嫁到此地来的一位女教师约我吃午饭，我推辞了。

下午3点半左右,满头乱发的盖根来到我的寓所,他已经是一个老人了,但我看不出他的年龄。上周六晚在南特举办的文学晚会,地点是一个叫"唯一之地"(lieu unigue)的艺术中心,我和德国作家布赫在同一个专场。中场休息时盖根向我做了自我介绍,他是布列塔尼人,我们围绕这个西北省份聊了聊。12年前,我曾沿着海滨绕布列塔尼半岛做过一次难忘的旅行,之后又多次来度假。当地人常为凯尔特身份而感自豪,连我这个异乡人也能感觉到这片古老土地上的前基督教神祇似乎还活着,高更画中的妇女至今还戴着高高的纱筒帽去参加节庆,一些整齐排列的石阵裸露在荒野上,千年不易,讲述着无人能解之谜。有的考古学家发现布列塔尼的莫尔比昂湾近海小岛上的加夫里尼斯石冢属于公元前3500年的天文学遗存,当地人关于"伊尼斯岛"沉没的传说可能源出于此,在海上看到惊涛裂岸的庞大石圈,人们自然会在心里强化那传说的真实性。

盖根来找我就像邻居间的串门,更确切地说,像两个在街头相遇的流浪汉,只需看上一眼就彼此认出了对方。我问他住在哪里,他语焉不详,在我向他请教了几个词的布列东语发音之后,他说回去拿样东西给我看。不一会,他带来了一个盒式放音机,并放了一段戏剧片段给我听,我第一次听到用布列东语这种快消失的语言念出的台词,虽然一个字也听不懂,却感觉享受到了一种特别的礼遇。

11月24日,星期三

刘莹开车来接我去看海滩。之后又邀请我到她夜校的班上去,我接受了。这个班的学生已学了两年汉语,所以多少能够配合老师。她另外还带着两个初级班——在这个小城,据说越来越多的人想学汉语。

11月25日,星期四

下午,克里斯汀娜·卡尔里卡(Christine Karlica)夫人来小坐,她跟我确定明晚去参加"丁丁"协会的活动。据说卡通人物丁丁的世界性冒险是从圣纳泽尔开始的,是否因此他才成为了本地的英雄?

今天一整天我将同葛根先生的交谈写成一首对话诗,我在诗中引用他说的话,当然是经过诗化的组织,有些话,例如"与天地参而为极"是我为他说的,而"我是我自己的道路"——Je suis mon chemin 则是他的原话。他的率真,他对陌生人的信任,或许还有他制造歧义的技巧都多少为他保留了神秘。这也有助于我在想象中重塑一种性格:一个离家出走的老人,他晚年的生活信条竟然是令人生畏的"纯粹的个人"。在告别了职业、家庭、财富之后,除了孤独和死亡,还有什么为个人剩下呢?那么他是在挑战某种生存极限吗?抑或正是对自由的酷爱使他沦为拥有很少东西并且满足于此的人?有一点我敢肯定,他不是那种在街头买醉的流浪汉,前天晚上他接受与我共进晚餐的宴请时,曾体面地事先申明他没有钱付账。我想,他极可能属于生活中常见的失败者,经验丰富,头脑睿智,但内心悲凉,由于世事洞明故逃离社会,最终逃离家庭,为的是为自己的死亡提前做好准备。从某种意义上说,每个陌生人都是隐身人,在偶然的相遇中,在好奇的相互吸引中,我们发现隐身人彼此都想看见对方,感受到对方的热量,想证明我们是同类,爱恨交织,因欲望而受苦,即使一次相遇所分享的时光短得像吸一支烟的工夫。我心里感谢葛根先生和他的来访,他无意间提供的生活细节虽然破碎,但很吸引人,我直接加以引用,无需虚构,五十多行诗一气呵成,通读一过时体验到何为司空图所谓"俯拾即是",那也是一种酣畅淋漓。

接近午夜,接孟明从法兰西国际广播电台办公室打来的电话,他上的是晚班,昨晚他也找过我。

11月28日,星期天

米歇尔上午8:30准时开车到楼下,我们仨(还有他儿子维克多里安)按计划去圣米歇尔山。下着不小的雨,但我心情很好。刮雨器来回摆动着,米歇尔边开车边跟我闲聊,维克多里安在后座上很安静。因为是星期天,街边的店铺都关了门,出城后一路向北,我们驱车的路线正好从南端穿越半岛直抵北端的陆地尽头，途经布列塔尼首府雷恩市时雨下得更大了，车轮把积水淌得老高。我想起了 V——这里是她的出生地。我们结婚 13 年来，她为我受了不少罪，可以说迄今为止我都在拖累着她，从放弃博士学位论文，到举家向新加坡、阿根廷迁徙，一切变化都是为了我能够不必考虑经济收入从而安心写作这个理由。去年开始，我每隔半年回国教书一学期，她同意这样的安排也还是出自同样的理由——她理解母语环境对我是何等重要。而我发觉她终于累了。诗歌这个筏子曾载着我们远涉重洋，现在我有一种预感：最后的归程有可能只剩下我一人。诗歌成了我的原罪。骊歌乃告别之歌。

米歇尔相信天会转晴，果然言中了。圣米歇尔山是位于诺曼底和布列塔尼之间的近海小岛，被称为"世界第八大奇迹"，因建于山顶的修道院而闻名于世。从远处第一眼望见那高耸于海上的金字塔形状的建筑群，无论谁都会感到某种震撼的吧，我们抵达时天空阴沉，退潮后的海滩泛着湿漉漉的寒光，整个岛在银色的包围中仿佛一座冷峻的盐山。而岛上修士们据说从 10 世纪始都按本笃会传统严格修苦行，至今犹然。我们在修道院内没遇见修士，倒是见到一个来自耶路撒冷的高个子修女，她端庄的面容让我肃然起敬。

花园的石柱走廊造型精致，我觉得那里是最适合冥想的地方。午后出了太阳，我们仍在山上，得以拍下几张照片。天使长圣米歇尔站在耀眼的金色塔尖上，传说这里历代出现的奇迹都是由于得到他的守护，起初正是由于他的托梦，一位本地神父听从灵示，动手修建了这个浩大的海上工程的一部分，那是在公元 708 年。在基督信仰中，一切荣耀都归于上帝，人间奇迹只是天启的一部分，神谕往往以托梦的方式进行，足见暗示的力量之强大。诗歌同样需要暗示，我想一切作用于心灵的秘术都来自同一种技巧，那就是暗示。

12 月 5 日，星期天

接到克劳德电话，很高兴他打算下个星期天开车从里安德克（Riandec）来看我。千禧年的圣诞节我就是在他居住的这个布列塔尼海滨小城度过的，他是我妻子的舅舅，是当地一家医院的院长。每次到巴黎开会，他都会抽空来看我们。他睿智而风趣，夫妇俩领养的孩子中两个女儿来自印度，一个男孩来自新喀里多尼亚。有一次我向他询问了免除绝症病人疼痛的方法，他告诉我除了用吗啡，目前没有找到更好的方法解决抗药性的问题，疼痛总是要超越药的剂量，向着死亡不断攀升，许多人是在剧痛中告别人世的。真是不可思议！索尔·贝娄有部长篇小说叫《更多的人死于心碎》，一想到灵与肉双重的痛几乎是大多数人一生的最后主宰，这件事本身多么令人心碎！在里安德克的那次圣诞节留给我的印象非常深刻，我目睹了大西洋的风暴，从高处看，巨浪仿佛在滨海建筑的屋顶上翻卷。一艘开往埃及的油轮在进入英吉利海峡后断成了两截，海岸很快被污染了，不计其数的鸟类死去。克劳德的养子杜拿哈每天都自愿去海滩上清理油污，在晚餐餐桌上，人人都怀着不安和心切听他描述海边的惨状。

12月6日，星期一

雅各为我买了去北京的机票。电话里继续关于爱情和友谊的话题。

12月12日，星期天

11点，克劳德准时到了。天气大晴，但最低温度已是2摄氏度。我们出去吃午饭，城里的饭店大都关门，最后好不容易找到了海滨的 Le Transat 饭店，除了我们俩几乎没有别的顾客。我们选了朝向大海的位置，阳光透过窗玻璃照在身上暖洋洋的。他大老远来看我是要尽一下布列塔尼人的地主之谊，我心里很感激。克劳德身上的亲和力是凡认识他的人都能感受到的，我平日称他为教父（parrain），他已习以为常了。从饭店出来后开车在海滨大道上逛，一侧是沿海岸绵延不绝的沙滩，一侧是掩映在一株株巨松的浓荫中的大小别墅，那些巨松真是让人心旷神怡。我们找一个地方停下来，呆呆地看海，我想此刻他的心境和我是有所不同的。我捡起一个贝壳，觉得它像一个空空的眼眶，就又把它扔回沙滩上去了。对我来说，面前这一堆蓝色只能用"万顷乡愁"来称呼。

回到造船厂一带，到处都很安静。好几条正在建造中的大船裸露在工地上。但不可思议的是，四处无人看守，几乎像进入了无人区。我们爬到潜水艇站的建筑物顶上，从那里眺望圣纳泽尔大桥和对岸，有大群海鸥栖于内河，体态几乎像企鹅一般肥硕。我们还发现一条三桅大帆船——Le Belem，这条船正在修葺，我们被准许上船去参观。它与我上回看见的另一条差不多大，船舱内装饰得富丽堂皇。据说此类大帆船如今在法国已不多见。

晚7时许，玛丽沃尼来接我去"人民之家"看关于印度的旅行纪录片。印度的寺庙建筑给我留下极深刻的印象。

12月17日，星期五

下午2:30在造船厂。负责外事的伊莎贝尔·尤伊格（Isabelle Huyghe）夫人开着车陪我参观，她与熟人打着招呼，随时准备回答我好奇的提问。巨大的龙骨摆在空地上，看上去像恐龙遗骸挖掘现场。在一个长达500米的车间，现代造船业的规模使我感到震惊。这里的蒙太奇场地是世界最大的。现在我们所在之处低于鲁瓦河面6米，工人们各司其职地忙着手里的活儿。有一艘大船正在进入最后阶段的组装，我被告知它将行驶于阿尔及利亚、美国、日本和法国之间。另外还有一艘法国煤气公司的运输船明年二月将竣工。这种船直接以煤气为动力，是一项新技术。我掏出小本子记下该厂的简史：自1861创始迄今已有143年，原址在南特，二战后迁至圣纳泽尔。造船的方式很像搭积木，从这里下水的大轮船长度都在130米以上，可想而知那是一些什么样的积木了。

晚上在Skipeur又遇到造船厂联络部主任（我不记得他的名字），他的同事准备在此举行圣诞节前的告别晚餐会。他给我看了一组造船厂的照片，是著名摄影师菲利普·布里松（Philip Plison）拍的，多为夜景。有一张巨锚的照片，克利斯多夫很想得到，他美滋滋地想象那张照片挂在餐馆里的效果。

明天他就要回波兰。作为告别，他再次请我喝酒。我喝葡萄牙的博多酒。他则给自己倒了马蒂尼。他的家乡在克拉科夫（Krakow）省一个叫

Kedierzyn-kozle 的村庄。我告诉他克拉科夫这个地名我并不陌生，因为诗歌的缘故，它对我甚至有点不同凡响。他父母目前住在有人工湖的 Nysa，他已经 4 年没见家人了。临别时我们俩共同举杯预祝圣诞快乐。

12月18日，星期六

细雨绵绵。在火车站等车时阅读南特地图，一位老人坐到邻座上，跟我聊起来。他告诉我，鲁瓦河流经南特处形成一个岛，圣纳泽尔造船厂原址就在岛上。老人二战期间曾在那儿当工人。他是少数的幸存者之一，战火中来不及逃离的工友大都死去了。中午时分到达南特。先去了植物园，出来后在城里闲逛，偶然参观了一个关于乌鸦的展览，那么多乌鸦被制作成标本，感觉很奇异，不禁想起以前在布列塔尼听说的一个关于乌鸦的传说：有一个农民养了一只极聪明的乌鸦，可以给他做帮手。种地时主人在前面挖坑，乌鸦跟在后面用喙将篮子里的种子有条不紊地叼入坑中。一天，乌鸦因过失受到主人的惩罚，为了报复，趁主人外出时，它把已经长出芽的庄稼一株株拔掉了。

南特有一种神秘气氛，至今仍在运行的有轨电车保留了旧时代的风致。我记得布勒东在《娜嘉》里写到他对这座城市的特殊喜爱。因圣诞在即，市中心的步行街上到处是出来采购的男男女女。我在拱廊街 Passage Pommeraye 买了几张明信片，又在一间酒店买了两瓶本地出产的很不错的麝香葡萄酒。雨下得越来越大，只好放弃了去参观凡尔纳故居的打算。在火车站附近的集市上我被一种漂亮的八音盒迷住了，我买了一个，打算带给出生不久的小侄儿。

终于没给弗兰索娃丝打电话，天气不好，我不想打扰她。

12月19日，星期天

晚上在帕特里克家做客。他家在河对岸的圣布列宛附近，离圣纳泽尔约有半个多小时车程，每天上下班，这位土生土长的鲁瓦河之子都要沿着两边的河岸驱车。跟很多年轻人一样，他曾在外地求学、工作，成为作家之后却选择回到故乡，住进这所保存着童年记忆的幽静、朴素的房子里，与曾经青梅竹马的妻子弗罗伦斯以及他们的儿子生活在一起。帕特里克不苟言笑，尚德兰觉得他是个怪人。我想起我们在巴黎的里昂火车站第一次见面他给我的印象：乱蓬蓬的头发，消瘦的脸略显疲惫，目光睿智而坚定。我想他是那种喜欢将热情隐藏起来的人。在圣纳泽尔的这些日子里，我尽量少麻烦他，但他怕我寂寞，一有空隙就约我去喝一杯。他听人说话时总是非常专注地看着你，很少插话，我想或许是乐于倾听这种作家的职业性赢得了说话者的信任。席间他透露给我一个很棒的主意：编一本有关鲁瓦河的书。当他征求我若有描写鲁瓦河的诗歌片断是否愿意让他编入书中时，我便爽快地答应了。

一个半月以来，这条河每夜用它潺湲的水声为我催眠，我的呼吸已同它的呼吸融合在了一起，但愿我的诗句也能带上它那有力、沉稳的节奏。

12月22日，星期三

阴天。告别的日子。帕特里克和伊丽莎白到公寓大门外来送我，我把钥匙交还给伊丽莎白，我们依依不舍地相互拥抱。伊丽莎白哭了，她一向少言寡语，做事有板有眼，看来我并不了解她。我像对待一个小女孩一样拍了拍她的头，心里充满温暖和感激。有点不好意思的她，站在墙边朝我挥手，显得楚楚动人。

我的行李箱中增添了几件东西：帕特里克的新书《蒙德维的亚的一帧照片——巴尔塔萨尔·布鲁姆的生与死》、杨炼送我的诗集；一小叠我在圣纳泽尔这个大西洋小城所写组诗的初稿；一颗玉兰树的果实——帕特里克从他家花园的树上摘来送我的：松塔状，顶端微微泛红，沉甸甸的，令人爱不释手。

retranslation

重译

叶芝生前未发表的少作

傅浩 译

威廉·巴特勒·叶芝
(William Butler Yeats,1865—1939)

1995年,斯克里布纳图书公司出版了乔治·伯恩斯坦整理编辑的《月下:威廉·巴特勒·叶芝未发表的早期诗》一书,收录爱尔兰大诗人威廉·巴特勒·叶芝作于19世纪80至90年代的诗作38首。这些叶芝生前因种种原因秘不发表的诗稿包括叙事诗、戏剧诗和抒情诗,题材除涉及私生活之外,大多抒写遥想神仙英雄骑士淑女之类的思古幽情。以写欧洲古典神话和中古英雄题材的叙事诗见长的英国前辈诗人威廉·莫里斯曾对青年叶芝说:"你我写同一类的诗。"叶芝晚年自称:"我们是最后的浪漫主义者——曾选取 / 传统的圣洁和美好、诗人们 / 称之为人民之书中所写的 / 一切、最能祝福人类心灵 / 或提升诗韵的一切作为主题"(《库勒和巴利里,1931》),这些最早的诗作就是最好的证据。此处选译的13首都是初次译为汉语,将收入《叶芝诗集》(增订本)。

威廉·巴特勒·叶芝 高远 画

瞧瞧那个人

瞧瞧那个人——瞧瞧他忧愁的前额，
　　他企图留住患病的月亮从天上
　　浓云笼罩的病榻窥望的柳木床
上面像影子一般掠过的生者
与死者——他一把揪住他们的头发，
　　令他们留下。他们竟一笑而过，
　　依旧赶他们的老路——生者与死者——
犹如经由害相思的狄多[1]的阶下，
　　很久前海上驶过浪子[2]的白帆船，
　　船舷被海浪的嘴唇激吻得光鲜。
他终于叹口气起身走自己的路，
　　愤怒到发狂——他，找遍了多于
　　所有的国度，及各国著名的爱欲
艺术——孑然惨遭遗弃的队伍。

1884年3月8日

1　狄多：传说中古迦太基城邦女王。据古罗马诗人维吉尔所著《埃涅阿斯纪》，特洛伊王子埃涅阿斯在城邦破灭之后逃亡海上，经过迦太基时与狄多相爱同居，后将其遗弃。
2　浪子：指埃涅阿斯。

罗兰爵士[1]（节选）

一

熟透的七月临近末尾的时节，
一个绚丽的黄昏降临我故事——
诗韵的激情不会从苦难岁月
或战乱大地获得——一首歌应是
一艘涂着彩画又如画的船只；
充当它漫游日子导航的船员
是哀婉爱情和变故这对姊妹；
她们总是凝视着彼此的双眼
她们总是窃窃私语在彼此的耳边。

二

在寂静大海边上的忘川[2]河谷，
一如苹果花轻柔地向下飘落，
一如被覆盖起来的悲惨小路，
藤蔓没有遭嫉妒的镰刀收割，
用花的薄雾笼罩着李树棵棵；
在似影之物不时从树林里面
冒出之时，在巨浪沿沙滩逃脱

---

1 此英雄叙事诗是部分模仿斯宾塞《仙后》所作，通篇全用斯宾塞体：八个抑扬格五音步行加一个抑扬格六音步行，韵式 *ababbcbcc*。其中第五、（重复标记的）第六、第十二节因有诗人注明要删除的记号而未译；第二十四节后半部分以及第二十五、第二十六节原稿遗失。

2 古希腊神话传说中阴间的一条河流，据说鬼魂初到阴间，须饮该河之水，以忘却人间往事。

之处，在点点浪沫的瞥视中间，
林妖的身影往来舞蹈了片刻时间。

三

在不毛不实的沙滩边缘上面，
有一个面容憔悴的老人走过；
时光给他的额头缀了许多线，
一枚圣殿红十字[1]在上面缝合。
他肩膀瘦削，眼光只微微闪烁，
时不时因想起这事忆起那事
而微笑，但过后就又恢复本色，
一副朝圣者面孔——道路孤寂兮
且独行。我知道他的同伴大都已死。

八

于是罗兰说："老骑士，来到此处，
我找您并非为寻求崇高名誉。
最近我骑马走上漫长的路途，
但为了让马歇歇我跳下马去，
正想要沿着棕色的海滩徒步
前行，因为马已经实在走不动，
可突然一阵巨浪巅峰上冲出

---

1 圣殿骑士团的标志。12世纪初，欧洲基督教国家组织武装骑士保护去耶路撒冷圣殿遗址朝圣的平民教徒，号称圣殿骑士团，一度势力壮大，以至在亚柯建国，1312年被教皇镇压。

一条海蛇来,我的马受惊发疯
跑掉了,因此来到这灰色河谷之中,

九

我寻求您的帮助,圣母保佑者。"
梦中人闻言起身,低垂的一枝
苹果花轻如仙子的睡梦似的
顿时泼洒了梦中人满头胭脂;
这时候透过河谷的悄然静寂,
这两人继续谈下去。爵士罗兰
急于了解河谷的历史,我估计,
尚未及问——这故事却迅速抢先,
额头清明的梦中人在这空谷所言。

十一

我最有福气,因为我拥有一切:
荒丘孵卵的羞怯野生云雀般
自由,迅捷无畏的鹰隼般快乐——
独自找寻难得僻静处以思念
高贵亲戚"忧伤"的爱情——亲见
我领土边界,知其宽广的森林
流水——但在白浪翻滚的洪水边,
这些我全都放弃,当时一群群
回家猎人把我独丢在沙滩上逡巡。

十三

从船上下来一人似传说中来，
他眼中满是绵绵无尽的倦意：
非人的愁郁和着非人的光彩——
一只渡鸦，天空中最黑的东西，
在他前方飞，总是在他前方飞；
他朝我跟前走来，手中抱持着
一把竖琴，我听见响起了优美
乐曲，但我的灵魂燃起一团火，
直烧到世界的末日来临才会熄灭

十七

从浪尖到浪尖，出没浪花之间，
我们航行过汪洋包围的陆地
和无尽长夏所居、葡萄藤蜿蜒
所在的海岸；大海翻腾不息，
巨浪似洪钟敲击敲击再敲击，
环绕飘摇的船只；一人接一人，
受大海折磨的水手死去，葬在
遥远海岛的口岸，在那里他们
周游世界的人生归于寂寞的终尽。

十九

他说完——空旷河谷的阵阵回音

把心爱之名那可爱读音爱抚，
回荡在整个幽谷中，渐渐退隐，
树枝间缭绕纠缠的繁花簇簇
在中魔的朦胧地面之上仿佛
用无数细小的甜美嗓音歌唱：
你心爱之名降临与我们同住，
我们把深深快乐聚在花瓣上，
如蜜蜂在我们明艳花瓣之上临降。

二十

犹如在一棵柳树的阴影里面，
倦于爱情与轻蔑，睡着小爱神[1]，
直到有盛名传扬自他的诗篇，
前来在磨损的熟睡耳边造梦，
于是他抄起弓矢把火炬高擎，
迅速前往无风的河谷那一带，
硕大的果实如在晨曲中觉醒，
全都在空气中摇摆摇摆摇摆，
每一颗里面都闪着鬼火又野又怪。

二十一

他们站起来——那些永远把耳朵
贴在地面上聆听的幽谷铃兰

---

[1] 古罗马神话中的丘比特，爱神维纳斯之子。

在路旁围绕他们的脚边闪烁。
罗兰说:"您肯定就是那位好汉,
他的大名已经在全世界传遍,
丹麦英雄欧拉夫。""不错,我正是。"
另一位说道。此刻在深邃林间,
二人来到一处,罗兰在幽暗里
看见了一堵不可逾越的绝壁升起。

二十三

隐逸骑士欧拉夫就住在此处。
两边各有一尊黑石像,用厚实
肩膀扛着沉重的巨石,支撑住
那悬在洞穴上方的宽阔顶盖;
通过洞顶上裂开的一道缝隙,
一股流泉汩汩地喷涌而下注;
一尊跪伏的雕像永远用手臂
指向须发灰白的水瀑,就仿佛
他在计数着飞流直下的颗颗水珠。

二十七

哭泣的风儿仿佛永远在唱歌,
向着那总也听不餍足的河谷
低声讲述久已被遗忘的传说,
那曾经美丽如今不幸的命途。
最后如下这些话渐渐变清楚:

"我名叫无法[1],我永远寻找快乐,
哦,她肯定在某个隐秘处等候,
海边山麓或树荫浓密的湖泊——
您可曾见过快乐?"然后风声渐衰弱

二十八

而静止。快嘴快舌的接话茬者
那寂寞大海接着唱出这些话:
"我的浪涛常吻的河谷岸滩哟,
你认识我吗?每具浪淘的骨架
都熟知我的名字无信;我冲啊
冲啊,总是想到达尘世寻快乐。
告诉我,默默过着日子的你呀,
葱郁的谷地,你把她藏起来了?"
然后地上骤降下一片不祥的静默,

三十

海和风你们到底为何打听我?
沉思烦恼乃是我日常的工作。
不受约束而任意搜寻的二者,
你们不知道我其实名叫无乐,
名同那逝去已久的异教小伙,
但万事万物中我只懂得此理:

---

[1] 此处的无法以及下文的无信和无乐都是斯宾塞的讽喻史诗《仙后》中的人物。

除了快乐没有什么是神圣者"——
歌曲灵魂的歌唱在下方沉寂,
从石刻雕像那里传来了回音低低。

无法——无信——无乐

话说滨海一处花园中,
　　风和日丽美好的一天,
一度绿丛中吹来阵风,
　　拂过雏菊点缀的草地
　　上面那一朵破败、苍白、
　　污点斑斑的百合之时,
耳闻目睹的一个幻景。

永远漫游的风儿高呼:
　　"我叫无法——我寻找快乐,
锁链拦不住我的道路。"
　　海浪高呼:"许多曾丰满,
　　如今潮拍浪打的骨干
　　都知道我名,无信;永远
寻找快乐,我不断起伏。"

百合叹息:"我弯弯的瓣
　　从前就像雪那样洁白,
如今在茎上低垂高悬;

我的名字正是叫无乐,

与异教小伙一样一模——

没什么神圣除了快乐:

我只懂得这么一点点。"

潘的祭司 [1]

假如天体的忧郁音乐

总是困惑着他的耳朵,

他就逃到山间

坐在山泉旁边,

泉水闪着冷光,从生苔的岩石侧

跃入水潭,惊骇地泛着泡沫,

在那里,他在瀑布的声响中听见

嘴甜的山林女仙朝彼此呼喊

他的耳朵多年里

不曾听到的秘密。

---

[1] 潘:古希腊神话中神使赫尔墨斯之子,山林、畜牧及繁殖之神,统辖山林仙女、羊头怪等一切山精水怪,人身而羊腿,头上生角,善音乐,发明排箫。潘的祭司应指其崇拜者。

喜鹊

在荒野上方喜鹊飞去,
　　在榛林冠盖的上方,
啊,喜鹊为何要独居?
　　它等待贵妇和情郎。
"你为何伤心欢颜不展?"
　　她说:"我已无宁日,爱人。"
"我远行将是那么短暂。"
　　她说:"我们别再会,爱人。"

他们在草地上四处漫步,
　　驻足听割草人挥镰声;
他边唱歌儿边起伏,正午
　　影子在身子下移动。
"红脸膛年轻割草人他唱,
　　在世上作乐不是错,爱人。"
她说:"他在唱众生皆悲怆,
　　他不懂别的法则,爱人。"

禾草、莎草和小小芦鹀鹩,
　　一个社交圈在交谈;
溪水说着,来十只就够了,
　　他们正走过溪流边。
"禾草、莎草和小小芦鹀鹩
　　低一声高一声正说话,爱人,
林中有欢宴,泽中有嬉闹。"

她说:"它们叹息啊,爱人。"

它飞过草地,飞过树丛,
　　她见它飞越芦苇,
经沼泽往下,尾巴晃动,
　　那喜鹊形单影只。
"你为何伤心欢颜不展?"
　　她说:"我已无宁日,爱人。"
啊,出于爱干傻事欺骗,
　　她说:"我们别再会,爱人。"

潘[1]

我歌颂潘和他美妙的牧笛,
　　阴凉和阳光里面的王者,
在麦子火苗中跳舞的形体;
　　我也歌颂骏马的蹄子
践踏处迸溅而起的露水。
　　我歌颂孤寂之处,
奉那神秘祭司一族曾庄严、
　　献给潘的神殿;
他们见过那大神,面对面,

1　参见《潘的祭司》一诗注。据古希腊历史学家普鲁塔克说,潘是古希腊神话中惟一真正死了的神。后世有人认为潘神之死象征着神话世界的消逝,取而代之的是基督教的"新神"。

他们听过潘，那音乐之王，
在树叶中间已沉寂的言谈，
　　　他们听过溪流把故事唱：
曾有天使族生活在大地，
　　　奉慷慨的潘为他们的王。
一位恨人类的新神崛起；
　　　他们死去，魂附于大地，
慷慨的潘就逃到森林里。

爱的衰减

　　　　　　　一条河边。蒲草丛中一条小船。两个等待号角召唤而
　　　分手的恋人。

她：疯傻的白昼赤脚在山丘上走，
　　她把她那猩红的拖鞋丢在了
　　天宫之中的什么地方。

他：　　　　　　　大笑着
　　用火球把可怜的夜从深林里逗引
　　出来。她藏起来睡觉，可怜的东西，
　　睡眠之母，她什么也不懂，除了在
　　百合的漏斗和玫瑰的心里层层
　　镶有阴影的紫红色褶皱里边，
　　在花头垂悬的毛地黄和静静河水

以及你旋转的纺轮的阴影中睡觉。

她：你像个恋人凝视她的眼睛，
在那里你看见什么哟，夜的追求者？

他：濒死之物的诱惑和神秘。

她：那就别再看，我的夜的追求者。
别再凝视她，也别凝视大地，
宇宙中间最为孤独的露珠啊，
古老而苦涩的大地从未爱过；
也别沿山林凝视，林中精灵
年轻时爱到发疯，遭到欺骗，
现在都成了叹息。你凝视我吧！
我会大笑，你不会如此悲哀。
我一度爱过它们，但现在没快乐，
除了只有你：那边翠鸟的蓝色
令我伤心——无用之火。
没快乐，
除了只有你：暗淡星光的蓝色
在我头脑中发烧悸动；在一片
没有歌声的忧郁荒野中，星星
举行着她那无休无止的节庆。
噢，亲爱的，用双手蒙住我双眼，
我就不再会看见我的流浪；
你年轻的脚前，一切不安都死去，
我就能永远编制雏菊花链，

就好像儿童运用全部智慧
眼神肃穆地注视那迂曲链条
在草丛生长。我就能近乎忘却
那遥远紫色星辰的孤寂歌喉
歌唱众天使如何从星辰到星辰
无尽地飞掠,对于他们,负担
来自永恒的孤寂。远远下方
海洋深处,星辰如是唱,上帝
扬眉睁眼永不休息沉思着:
在世界诞生前,祂从无始长眠
之中起身,眼看到祂的孤寂,
由于充满对阒无人声的广大
空间和担惊受怕的自身的恐惧,
祂从自己的圣灵上揪下一把
火花,大喊一声扔到黑暗中。
如是祂造就了天使和说话的世界,
命它们喋喋排遣祂的寂寞;
那遥远紫色星辰的歌喉哀吟。
它们是祂自己的寂寞的喉舌,
还有我、这些手、你那闪亮的眼睛、
蠕动的嘴、一切活动和恋爱者。
啊,用你轻颤的手指蒙住我的眼,
我的甜,我就会大喊那野星星撒谎了。

她: 浪花的星星在我脚前飞溅,
啊,但愿我们之前无人爱过。

(号角声响。)

他:走吧,我的命运!

她: 啊,让我把这
红玫瑰插上你头盔,你这么高大,
高大得我都够不着。有多少女孩
曾踮起脚跟给假意情郎头盔上
戴玫瑰花环?

他: 一千个。

她: 比这要多,
啊,比这要多。

(号角声响。)

他: 我不能留下,再见。

她:(让玫瑰掉落)等等啊,等到我把玫瑰插上
你高耸的头盔。看那温柔的玫瑰
闪耀在阴凉处。我还要摘一朵——这样!
把它轻轻地放在第一朵旁边。
它们是少女的爱情有浓荫的双眼,
没有歌喉,在凝视中虚度一生,
所以在它们死后,怜悯的精灵
命玫瑰当它们沉思的眼睛,那些
羡妒的灵魂此刻正透过那深红
目光注视着你我——吻我,亲爱的。

　　　　　　　　　（号角声响。）
　　啊，别在意，漫游去吧，到海浪，
　　到行走在群星中间的风里去吧。
　　　　　　　　（他步入船中。）

她：（慢慢地把玫瑰花插在他头盔上，失声痛哭）你很快就会
　　忘记我。
　　噢，亲爱的，恨我也别忘记吧！
　　　（号角声响；他撑船离岸入河。远在彼岸，一队少女抬
　　　着圣母雕像走过，唱着一支歌。）
　　那里有青年走过，在愚昧战争
　　无知的杀声中，他们或许倒下，
　　未活已先死，马利亚，请您保证
　　百万双战斗之手像您的手爪
　　一样无害吧。
　　　　　　上帝给猎鹰酬劳，
　　它飞跃穿过天空无声的孔隙，
　　精神受无法测量的速度煎熬
　　而疲惫不堪。就让它坠地而死，
　　因为它活过。
　　　　　　上帝赐给吉普赛
　　儿童异类笑声的狂喜，用密集
　　叫喊打破树林的慵懒，后来是
　　流浪的激情。让他们倒地而死，
　　他们已活过。
　　　　　　上帝给谨慎鲑鱼
　　吹奏着风笛缓缓流过的长溪，

给我们厌倦纺锤[1]——愿它们死去,
它们已活过。
　　　（一个声音独唱）
请垂听,圣母马利亚哟,
请别让我的爱人与死者为伍,
我们的爱是天下最年轻之物,
洁白的马利亚哟!

在荒野中无论何处

火焰常炽的时光之扇所蚀损、
渴望人类言谈的起皱的沙漠
荒野中无论何处,我们一支起
帐篷,为在某个并非不毛的
人迹罕至之所冥想,放任
我们的梦想,那些忧伤的骆驼,
漫游和沉思,朝圣之主就大喊:
"不——大篷车继续不断前进,
目的地还在晨星之外的远方。"

---

[1] 古希腊神话中有司命运三女神,其一用纺锤纺出生命之线,其二决定线之长短,其三负责把线剪断。此处纺锤应即喻指人生。

祂踏着幽魂和幽光之路

祂踏着幽魂和幽光之路。[1]
要讨祂欢喜，我的诗须是
一种有色又有形的神秘，
思藏在思里，梦藏在梦处。

我不会在晦暗时刻

在诽谤气息把我的愚蠢
　　拽紧了的线绳弄断之前，
在光明时刻馈赠的礼品，
　　我不会在晦暗时刻收还。

脆弱的希望造就的细线
　　捆绑住两颗孤寂的心灵，
但光明的爱必渐渐暗淡，
　　直到人类的命运都缠尽。

馈赠的礼品我再度馈赠，
　　因为你可能会来到冬季，
但你美貌的白花会永生

1　此行较早稿为"上帝爱幽魂和幽光之路"。

在一册可怜愚蠢的诗里。

尽管热闹岁月来

尽管热闹岁月来,热闹岁月去,
剩下最好的东西是一个朋友。
等热闹的岁月落到身后之时,
我们还可能找到更好的奇迹?

poetics

诗学

未来的反叛

奥克塔维奥·帕斯 撰文

陈东飚 译

在每一个社会里各个世代都在编织一张重复和变异的网。以这种或那种方式,或明显或含蓄地,"古人与现代人的争吵"在每个循环里重新产生。有多少历史阶段就有多少"现代"。然而,除了我们的社会以外没有任何社会真的自称为"现代"。如果现代性仅仅是时间流逝的结果,将自己命名为"现代"便是听任自己很快将其失去。现代在未来会被称为什么?也许是为了延缓那不可避免、抹杀一切的侵蚀,其他社会决定要凭借一位神祇,一种信仰,或一种命运的名字来为人所知:伊斯兰教、基督教、中央帝国——这些名字涉及一种无可更改的原则,或者至少,涉及稳固的理念或意象。每个社会都奠基于其名,这个名字将成为它的基石,通过名字的选择来界定自身并确定自身与其他时代的关系。命名将世界一分为二:基督徒对异教徒,穆斯林对不信者,文明人对野蛮人,托尔提克人[1]对奇奇美克人[2],我们对他人。我们的社会也将世界一分为二:现代的对古旧的。这一切不止运行于社会之内——

1　Toltecas,前哥伦布时期美洲一部族。
2　Chichimecas,中美洲部族纳霍人 [Nahuas] 对各个游牧部族的泛称,意为"野蛮人"。

在这里它创造了现代和传统，新与旧之间的二分法——亦在其外。每一次欧洲人和他们的北美洲后裔遭遇其他的文化和文明之时，他们都称其为落后的。这不是第一次某一种族或文明将自身的形式强加给他人，但肯定是第一次没有将一个不变的原则，而是将改变本身设立为普世的理想。穆斯林或基督徒将异教视为劣等是基于信仰的不同；对于希腊人或托尔提克人来说，别人劣等的原因在于他是一个野蛮人，一个奇奇美克人。自18世纪以来非洲人或亚洲人因为不现代而一直是劣等的。他们的奇异——他们的劣等性——来自于他们的"落后"。或许问了也是白问：落后是相对于什么或相对于谁？西方世界将自身视同为变化与时间，而除了西方的现代性之外并无别的现代性。几乎没有什么野蛮人、不信教者或异教徒留存下来；相反，新的异端之狗却可能数以百万计，但他们被称为"欠发达民族"。在这里我必须稍稍离题讨论一下"欠发达"这个词最近的错误用法。

"欠发达"——这个形容词属于贫血与被阉割的联合国语言。它是直到近几年为止所有人都使用的表达式："落后国家"的一种委婉讲法。这个词在人类学和历史的领域中没有任何确切的意义；它并非一个科学的而是官僚的术语。尽管它很模糊，或者也许正因为这一点，它是经济学家和社会学家的最爱。它的模糊掩盖了两种伪理念两种同样有害的迷信：其一想当然地认为只有一种文明存在，或是不同的文明可以被简化为一个单一的模型——现代西方文明；其二确信社会和文化的变化是线性的与渐进的，并且它们都可以被测量。后者的错误是极其严重的：倘若我们可以将社会现象有效地量化与定形——从经济到艺术、宗教和色情——所谓的社会科学也许就会成为像物理学、化学或生物学那样的科学了。我们人人都知道并非如此。将现代等同于文明，并将两者等同于西方，这种倾向已经如此普遍，以至于在拉丁美洲很多人都在谈论我们文化上的欠发达。必须冒着冗繁的危险重复一句，首先，文明并不是独一无二的；第二，没有一种文化的发展是线性的：历史无视直线。一种文化怎么可能是欠发达的？莎士比亚比、但丁更"发达"吗，塞万提斯与海明威相比"欠发达"吗？的确，在科学的领域是有一种知识的积累，在这个意义上是谈得上发展的。但这种知识的积累绝不意味着今天研究科学的人比昨天的更"发达"。此外，科学的历史表明，每一个学科的发展也并不是持续地沿直线取得的。可以争辩的是，至少在我们谈到科技及其社会后果时，发展的理念是有道理的。恰恰是在这个意义上这个概念对我来说显得含混而又危险。科技所基于的原理是普世的；它们的应用则并非如此。对北美技术不假思索的采纳在墨西哥已经产生了无尽的灾难以及美学与伦理的畸形。以结束我们的欠发达为借口，在最近几十年里我们目睹了我们生活方式和文化的不断降格。痛苦始终是巨大的，所失比所得更确凿无疑。这不是怀旧的蒙昧主义；唯一真正的蒙昧主义者是那些对不惜任何代价的进步营造迷信的人。我知道我们无法逃避；我们注定要迎接"发展"，但我们不要把这惩罚搞得那样毫无人性吧。

发展、进步、现代性——现代是什么时候开始的？在我们阅读过的伟大著作的众多方法之中，有一个是我偏爱的：不在其中寻找我们所是之物，而是寻找否定我们之所是的东西。我回到但丁，恰恰因为他是我们传统的伟大诗人中最不入时的。但丁和维吉尔穿过一大片着火的墓碑；那是地狱的第六圈，伊壁鸠鲁和唯物主义哲学家们正在那里燃烧。[1] 在一个坟墓里他们遇见了一个佛罗伦萨贵族，法林纳塔·德利·乌伯尔蒂[2]，他正勇敢地忍受火的折磨。法林纳塔预言但丁将遭流放，随后又回答了但丁的一个问题，说即使第二视觉的天赋也将从他身上被夺走，"当未来之门关上的时候。"在最后审判之后将没有什么可以预言，因为什么都不会发生。时间的关闭，未来的尽头。一切都必定永远是其所是，既无错乱亦无改变。每当我读到这一段时我都仿佛听到一个声音，不止来自另一个时代更是来自另一个世界。而事实上正是另一个世界在宣讲这些可怕的言辞。上帝之死的主题已经司空见惯了，但有一天未来的大门将会关上这个想法——有时候我会嘲笑这个想法；另一些时候

---

[1] 《神曲·地狱篇》，诗章 X。——原注。
[2] Farinata degli Uberti（？-1264），意大利贵族，军事首领。

则让我战栗。

我们把时间设想为一种连续的流淌,一种朝向未来的无尽运动;如果未来关闭,时间即停止。这个想法是不可承受、不可容忍的,因为它包含一个双重的可恶之处。它通过嘲笑我们对于本物种的可臻完美性的信念而冒犯了我们的道德感性,又通过否定我们对于发展和进步的信仰而冒犯了我们的理性。在但丁的世界里,完美是一种超越变化与不动的状态,即存在的充盈同义的。抽离开了历史的变化和有限的时间,一切便永永远远是其所是了。这样一个永恒的当下在我们看来是不堪设想也不可能的;当下依照定义就是瞬时的,瞬时就是时间最纯净、最强烈的形式。如果这一瞬间的强度在持续期限上被固定下来,我们就面临了一种逻辑的不可能,也是一场噩梦。对于但丁固定不动的永恒当下乃是完美的制高点;对于我们它却是诅咒,因为它将我们置于那样一个状态,即使不是死亡,那也并非生命。一个被活埋之人的王国,不是在石头的墓葬里而是在冻结的分秒的围墙里。这种完美是对我们向来所想、所感、所爱的存在——作为一个永久的存在可能,运动、变化、朝向未来的易变国土的行进——的一个否定。我们的天堂在未来之中,在那里存在是一种对于存在的预知。现代开始于这一刻,人类敢于实现一种或许会令但丁和法林纳塔·德利·乌伯尔蒂在同一时刻战栗而又大笑的行为:开启未来的大门。

现代性是一个西方专有的概念,没有出现在任何其他文明之中。其他文明假定现世的意象和原型,从中不可能推导出我们的时间理念,即使是作为一个否定。佛教的空,印度教的无差别的存在 [undifferentiated being][1],希腊人、中国人和阿兹台克人的循环时间,以及原始人的原型过去与我们的时间观念毫无关系。中世纪基督教社会将时间构想为一个有限的过程,连续而不可逆;当时间被用完——或者,如诗人所说,当未来之门被关上时——一个

---

[1] 本书西班牙语原版中这一印度教的概念表述为"无意外亦无属性的存在 [el ser sin accidentes ni atributos]"。

永恒的当下便将统治一切。在历史的有限时间里，在此时此地，人以他的永恒生命来孤注一掷。我们的现代时间理念只可能出现在这种不可逆的时间观念之中；它只可能呈现为一种对基督教的永恒的批判。诚然，在伊斯兰文化中现世的原型与基督教的很相似；但是，由于一个马上就会出现的原因，对永恒的批判是不可能发生的。而现代的本质恰恰是对永恒的批判：现代的时间是批判的时间。

历史就是冲突，每一个社会都被社会的、政治的和宗教的矛盾所撕裂。社会因为它们而生生死死。时间原型的一个功能是为这些矛盾提供一个理想和无时间性的解决，从而保护社会免于变化以及死亡。因此，每一种时间理念都是一个隐喻，发明它的不是一个诗人而是一个种族。但这些伟大的集体时间意象被神学家和哲学家转换成了各种概念。穿过理性和批判的筛子，它们变成同一性原则的各种版本，或多或少都有明确的界定。对矛盾的压制，或是通过中和对立的语辞，或是废除其中一个。有时对立的消除是彻底的：佛教的批判去除了"我"与"世界"这两个语辞，以确立普世的空，一种无可言喻的绝对，因为它空无一切，据一本大乘佛经说，也包括它自身的空。在其他情形中，相反的元素并未被移除而是被调和与融为一体了，如在中国的古代时间哲学中一样。矛盾会爆发并毁灭系统的可能性，既是智性的也是真实的。逻辑的一致性一旦崩溃，社会就会失去其根基而衰落。因此便有了这些原型封闭与自足的特性，它们所自许的无懈可击，以及它们对变化的抵抗。一个社会可以改变它的原型——也许是从多神教转到一神教，或是从循环的时间转到伊斯兰教或基督教的有限与不可逆的时间——但原型却并未被改变或转换。这一普遍规律的唯一例外是西方社会。

基督教的二分法来源于犹太一神教与异教哲学的双重遗产。希腊人的存在理念——以它的任何版本呈现，从前苏格拉底派到伊壁鸠鲁派、斯多葛派和新柏拉图主义者——与犹太人有关一个创造了宇宙的人格化上帝的理念是不兼容的。基督教哲学深刻地意识到了这一矛盾。这是它从教会之父[1]以来一路持续的中心主题，而经院哲学则试图用一种异常微妙的本体论来解决它。现代是解决它的不可能的结果。理性与启示之间的争端也撕裂了阿拉伯世界，但胜利却归于启示：是哲学之死而不是，像在西方那样，上帝之死。永恒的胜利改变了人类时间的价值与意义，关上了未来的大门，而同一性更是赢得了绝对的胜利：安拉即是安拉。西方世界摆脱了同义反复却又陷入了矛盾之中。

现代始于上帝与存在、理性与启示之间的冲突被视为无可消解之时。与伊斯兰教中发生的事情正相反，理性以神性为代价获得了成长。上帝是一体而不可分割的（祂不容忍异质性，除非是作为非存在之罪）；同时理性则倾向从自身中分离出去。每当它反省自身，它便分为两半；每当它冥想自身，它便发现自己是异类。理性渴望统一性，但与神性不同，既不停息也不将自身与统一性认同；于是，结合了统一性与多元性的三位一体，便是一个理性无法透悉的谜。倘若统一性会反省了，它便成了别的：它感知自己是异质性。通过站在理性一边，西方注定了自己永远是异类，唯有通过不断的自我否定来延续自身。

在由现代在其初始时期设计的形而上学体系中，理性呈现为一个自足的原理：它是它自身的基础也是为世界奠定的基础。但这些体系被别的体系取代了，在后者之中理性首先是批判。向内针对自身的理性不再创造体系了。它追寻它的极限，审判自身，并通过这样的审判，摧毁了作为一个指导性原理的自身。在这场自我毁灭中理性发现了一个新的基石。批判理性，我们支配一切的原理，以一种特殊的方式支配一切：与其说是筑造不为批判所击倒的体系，不如说它是在充当自身的批判者。它在展开的范围内统治一切并将自身设定为分析、怀疑、否定的客体。它不是一个庙堂或堡垒，而是一个开放的空间，一个公共广场和一条路、一场讨论、一个方法——一条不断完成

---

1 Church fathers，指基督教早期具有广泛影响力的神学家、导师及主教等。

与毁坏自身的路，一种唯一的原理是对所有原理吹毛求疵的方法。批判理性，恰恰因其严苛，而强化了暂时性，它永远面临改变与更替的可能性。没有什么是恒久的；理性与变化和异质性同一了。现代性是批判的同义词，它等同于变化；它不是一个无时间性原理的确定，而是批判理性的呈现，它永不停止拷问、审视、摧毁自身，只为再一次重生。统治我们的并非同一性，连同它巨大而单调的同义反复，而是差异性和矛盾，令人晕眩的批判之表征。在过去，批判的目的是真理；在现代，真理就是批判。不是一种永恒的真理，而是变化的真理。

基督教社会的矛盾是理性和启示，作为思想在思索着自身的存在，和作为一个创造之人格的上帝之间的对立。现代社会的矛盾出现在构筑拥有古老宗教与哲学的坚实性的体系的尝试之中，它们的基础不是一个无时间性的原理而是变化的原理。黑格尔将自己的哲学称为分裂的一剂药方。但如果现代是基督教社会的分裂，如果我们的基础，批判理性，持续地分裂自身，我们的分裂又如何能被治愈而不否定我们自身和我们的基础呢？西方的问题是如何把对立的元素融入某种统一性而不消灭它们。在其他文明里，消除对立面之间的矛盾是走向一种统一的确定性的第一步。在天主教世界里，存在的各个等级的本体论也提供了将对立减弱到使它们几乎完全消失的地步的可能性。辩证法在现代开展的是同样的工作，但却是通过求助于悖论做到的——将否定打造为语辞之间统一的桥梁。它声称要结束对抗，办法不是减少而是加剧对立。康德曾将辩证法称为"幻觉的逻辑"，但黑格尔坚称消除以康德式"物自体"闻名的哲学丑闻是可能的，正是因为这一概念的否定性。人们不需要赞同康德就可以注意到，即使黑格尔是正确的，辩证法废除了矛盾不过是让它们随即又重新出现而已。西方最近一个伟大的哲学体系摇摆于思辩的谵妄与批判理性之间；它是一种将自身设定为一个体系却又一分为二的思想，以分裂治愈分裂。现代的一端是黑格尔和他的唯物主义追随者们，另一端则是对所有体系的批判，从经验主义到尼采以及现代语言与分析哲学。这种对立

是西方世界的 *Raison D'être*[1]——它的起源和它未来的死亡。

现代是一场分离。我使用"分离"这个词取其最直观的意义：移开某物，将其自身切除。现代是作为与基督教社会的一场决裂开始的。忠实于它的起源，它是一场持续的决裂，一场无尽的分裂；每一代都重复这一行动，我们由此而建立，在此重复之中我们否认并更新自身。分离用我们社会的原初运动将我们统一起来，而断裂则将我们抛回到自身。仿佛就是但丁所想象的那些苦刑之一（但对我们来说却是一份幸运：我们活在历史之中的奖赏），我们在异质性中寻找自身，在那里发现自身，而一旦我们与这个由我们发明而又仅仅是我们的反影的异类合一，我们便从这个幻影存在中切除掉我们自身，而再次疾步追寻我们自身，追逐我们自己的影子。这种无休止的向前运动，永远向前——奔向我们所不知道的东西——我们称之为进步。

我们视时间为持续变化的理念不仅与中世纪的基督教原型决裂，更是一个新的组合，将它的各个元素纳入其中：横向的时间，从亚当的堕落到最后的审判，以及随之而来的永恒当下。第一个元素，基督教的有限的时间，成为自然进化与历史的几乎无限的时间，但保留两个属性：它是不可重复的以及连续的。现代以和奥古斯丁同样决然的方式否弃循环的时间：万事都只发生一次，它们是不可重复的。这一时间剧的主角不再是个体的灵魂而是集合的实体，人类。第二个元素，体现在永恒之中的完美，成为历史的一个属性。因此，第一次，一个价值被放到了变化之上。存在与事物达到其现实与完美的真正充盈不是在其他世界的其他时间而是在当下的时间——一种作为刹那飞逝而非永恒的当下的时间。历史是我们通向完美的途径。凭借它自身的逻辑，现代强调的不是每个人真切的现实而是社会与物种的理想现实。如果人的行为和作品不再具有宗教的意义——灵魂的救赎或毁灭，它们便会披上一种超越个体的色彩；它们的意义首先是历史的和社会的。基督教价值的颠覆也是一次转向。人类的时间不再绕着永恒的不动之日旋转了；相反假设了一

---

[1] 法语：存在理由。

种完美在历史之内，而非之外。这个物种，而非个体，是这种全新的完美的主体。它不能靠与上帝融合而要通过介入尘世的、历史的行动方能抵达。完美，被经院哲学视为永恒的一个属性，被引入了时间；结果是，冥想的生活作为人类的最高理想被否弃了，而现世行动的至高价值则获得了肯定。人的命运不是与神，而是与历史化为一体。工作取代了悔悟，进步取代了神恩，政治取代了宗教。

现代将自己视为革命性的。在许多方面，它确是如此；最首要也最明显的是在语义学上：现代世界已经改变了革命 [revolución, revolution] 这个词的意义。在本义——世界和星辰的旋转——边上已经有了另外一义与其并置，后者现在更为常见：一种与旧秩序的暴力决裂，以及一个新的，更公正、更合理的秩序的建立。星辰的旋转是循环时间的一个可见的呈现；在其新的语义中，革命成为连续的、线性的、不可逆的时间的最完美表达。一个暗示过去的永恒回归；另一个则是对过去的破坏和一个新社会的构建。但第一个语义并未完全消失；它经历了又一场转换。在它的现代语义中，革命以最大的一致性表达了历史作为不可避免的改变与进步的概念。如果社会停止发展而逐渐停滞下来，一场革命便会爆发。如果革命是必然的，历史便被注入了循环时间的必然性。这是一个与三位一体同样不可解的谜，因为革命是不可逆的时间的表达，因此也是批判理性：自由本身的呈现。革命之语义的模糊性揭示了循环时间的神秘意味和批判的几何意味，最老的古旧与最新的新奇。它是命运，也是自由。

伟大的革命性变化是未来的反叛。在基督教社会中未来处于死刑的判决之下，因为永恒当下的胜利，随末日审判而至，是未来的尽头。现代反转了这些语辞。如果人类就是历史并只在历史中实现自身，如果历史是向前看的时间而未来是被选中的完美之所在，如果完美之于未来是相对的，之于过去却是绝对的——那么未来将成为时间三元体的中心。它对于当下是一块磁铁，对于过去是一块试金石。它就像基督教固定的当下一样是永恒的。像它一样，未来不为现在的变幻所侵蚀也不为往昔的恐怖所伤害。尽管我们的未来是历史的投影，它却超越历史，远离变化与机遇。就像基督徒的永恒一样，它处于时间的另一侧；我们的未来同时既是连续时间的投射又是它的否定。现代人被推向未来，其狂暴之势等同于基督徒被推向天堂或地狱。

基督教的永恒是对一切矛盾和痛苦的解决，时间和历史的尽头；我们的未来，尽管是完美的仓库，却既不是安身之所也不是尽头；相反，它是一个不断持续的开始，一场永久向前的运动。我们的未来是一个天堂／地狱：天堂因为它是欲望的国度，地狱因为它是不满足的家园。从一个角度看我们的完美永远是相对的，因为，就像马克思主义者和其他无情的历史学家们两眼朝天说的那样，现时的冲突一旦被消解，矛盾就会在越来越高的层次上重新出现；从另一个角度看，倘若我们认为未来是历史的尽头及其对抗的消解，我们便成了一个残忍的海市蜃楼的心甘情愿的受害者：未来，从定义上说它又是不可企及，不可触碰的。未来，历史的应许之地，是一个无法接近的王国，并由此以最直接也最痛切的方式呈现出构成了现代性的矛盾。我们可以施加于我们自己的时间原型的批判，正是现代世界施加于基督教永恒的，也是基督教拿来对抗古代循环时间的批判。高估变化必然导致高估未来：一个并不存在的时间。

现代文学现代吗？它的现代性是暧昧的：诗歌与现代世界之间的冲突始于前浪漫派并一直延续至今。我会尝试描述一下这一冲突，不是通过其整个进化过程——我不是一个文学史家——而是通过强调那些将它最清晰呈现出来的时刻与作品。如果这种方法显得武断的话，我唯有声言我的武断并非毫无理由。我的观点是一个西班牙语美洲诗人的观点；这不是一篇超脱的论文而是对我的起源的一次探索，一场自我定义的间接尝试。我的思考属于波德莱尔所谓的"部分批评"，他视为有效的唯一一种。

我试图将现代定义为一个批判的时代，诞生于一场否定。这一否定以令人印象深刻的清晰将自身呈现在我们的时间意象之中。基督教通过将永恒设想为一个完美的所在而假设了未来的废除。现代性是作为对基督教永恒的一个批判开始的。其批判重组了体现在基督教时间理念之中的各个元素：天堂和地狱的价值被转移到了尘世并被嫁接到历史之上。永恒被废除了；未来取而代之登上了王座。现代性看到统治自己的乃是变化的原则：批判。这种批判，被称为历史的变化，采取两种形式：进化与革命。两者具有相同的含义：进步；两者都是历史并且可能会过时。

批判性的否定包括了文学与艺术两者：艺术价值与宗教价值被分离开来。文学宣布了它的独立：诗歌的、艺术的、美的价值逐渐成为自足的价值而与其他价值无涉。艺术价值的独立性导致了艺术作为客体的概念，这反过来又导致了一个双重的发明：艺术批评和博物馆。在文学的领域，同样，现代性在一场对"客体"的崇拜中表达自身：诗，小说，戏剧。这一趋势始于文艺复兴时期并在17世纪获得了力量，但只有当我们接近现代时诗人才充分认识到了这一理念晕眩而又矛盾的性质：一首诗的写作意味着一个独立的、自足的现实的建构。以此种方式批判精神体现在了创作过程之内。这并不令人惊讶，表面上看：现代文学，与一个批判时代恰相契合，是一种批判的文学。但现代诗歌的现代性在细察之下似乎是自相矛盾的。在它许多最为暴烈和典型的作品中——想一想从浪漫派延续到超现实主义者的传统吧——现代文学激情洋溢地否弃了现代。在它的另一个最执着的倾向中，包括小说以及抒情诗——在一个马拉美或一个乔伊斯之中达到顶点——我们的文学是一场同样激情洋溢和全方位的对于自身的批判。批判文学的主题：资产阶级社会及其价值；批判作为客体的文学：语言及其意义。在这两个方面现代文学都否定其自身，并且通过如此行动，肯定、印证了它的现代性。

现代诗歌在小说中或许比在抒情诗中更先一步呈现自身，这并非偶然。小说是无与伦比的现代类型，更出色地表现了现代性的诗歌：散文的诗歌。在前浪漫派的情形下，小说的现代性开始变得暧昧而又矛盾，不妨说是：现代得双倍而又彻底。如果说现代文学是作为现代性的批判开始的，那么体现了这个悖论的人物就是卢梭。在他的作品中那个作为开始的时代——进步、发明，以及资本主义经济发展的时代——发现了它的基础之一，同时又发现自身受到了尖锐的抨击。在让·雅克·卢梭及其追随者的小说中，散文和诗歌之间的连续振荡变得越来越猛烈，从中获利的不是散文而是诗歌。在小说中，散文和诗歌彼此交战，而这场战斗正是小说的精髓所在。散文的胜利将小说转化为一个心理的、社会的或是人类学的文件；诗歌的胜利则将其转化成一首诗。在两种情况下它都不再是一部小说了。为了存在小说必须是一场散文与诗歌的联姻，不完全是其中一个或另一个。在这一艰难的结合之中散文代表了现代的元素：批判，分析。从塞万提斯起，散文似乎是逐渐胜出了，但在18世纪末，一场突如其来的地震彻底摧毁了理性的几何结构，一团雾霭蒙住了词语之镜。一股新势力，感性，颠覆了理性的建构。与其说是一股新的势力，不如说是一股非常古老的势力，它早于理性和历史本身。反对新的和现代的事物，反对历史和它的日期，卢梭及其追随者诉诸感性。它是一场回归，回到我们的起源，回到开始的开始：感性居于历史和日期之外。

浪漫派将感性转变为激情。感性是一种与自然世界的和谐，激情则是对社会秩序的一种侵犯。两者都是自然，人性化的自然；两者都属于身体。尽管肉体的激情在18世纪的文学中占据了一个中心的位置，却只有在前浪漫派和浪漫派那里身体才开始说话。它说的是一种由梦想、象征和隐喻构成的语言，一份神圣与亵渎、崇高与淫秽之间的奇特契约。这是诗歌的语言，不是理性的语言。它与启蒙时期的作家截然不同。在萨德侯爵[1]的作品，这个时期最自由也最大胆的作品中，身体并不说话，尽管这个作家的唯一主题是身体及其怪癖和畸变。是哲学在透过这些扭曲的身体说话。萨德不是一个激情洋溢的作家；他的迷狂是智性的，他真正的激情是朝向批判的。令他激动的并不是身体的姿势，而是其辩证的严密与光彩夺目。18世纪的其他放荡哲学家的色情并不像萨德笔下的那么无边无际，但却并不少些冷峻和理性。它是哲学，不是激情。这一冲突一直持续到我们的时代：D. H. 劳伦斯和伯特兰·罗

---

[1] Marquis de Sade（1740—1814），法国贵族、革命政治家、哲学家、作家。"Sadism（施虐狂）"一词得自其名。

素反抗盎格鲁-撒克逊的清教主义，但毫无疑问在劳伦斯眼中罗素对身体的态度是愤世嫉俗的，而在后者眼中劳伦斯的态度则是非理性的。同样的矛盾存在于超现实主义者和性自由的支持者之间。对于超现实主义者色情自由是想象力和激情的同义词，对于其他人则只是两性肉体关系问题的一个理性的解决方案。乔治·巴塔耶[1]相信侵犯是色情的条件，甚至精髓；新的性道德则相信如果禁忌被解除或减弱，色情的侵犯便会消失或降格。布莱克[2]如是说："两者都读圣经日夜不停/但你读的是黑我念的是白。"[3]

基督教迫害旧的神祇和地、水、火、空气的精灵。它转换它无法摧毁的东西：有的被驱入深渊，他们在那里得到了地狱官僚体制中的一个位置；有的则上了天堂在天使的等级制度中就位。批判理性清空了天堂和地狱，但那些精灵返回到了土地，回到了空气，回到了火，回到了水中——他们回到了男人和女人的身体里。这一回归被称为浪漫主义。感性和激情是活在岩石、云团、河流和身体之内的复数精灵的名字。对感性和激情的崇拜是争议性的。一个双重的主题贯穿了它：对自然的褒扬既是对文明的一场道德与政治的批判，也是对一个先于历史的时间的一种肯定。激情与感性代表了自然性：真实对人工，简单对复杂，真正原初的对新的虚假的。自然之物的优越性在于它的先前性：最初的开端，社会的基础，不是变化也不是历史的连续时间，而是一个先前的时间。激情与感性属于起源的世界——属于历史之前和之后的时间，永远等同于自身。这种原初的、感性的、激情的时间堕入历史、进步、文明的降格。卢梭说，始于一个人第一次划出一块土地，对自己说，"这是我的"，而发现人们傻到相信他的时候。历史始于私有财产。原始时间的断裂：历史的开端，不平等的历史的开端。

---

1 Georges Bataille（1897—1962），法国评论家、思想家、小说家。
2 William Blake（1757—1827），英国诗人、画家。
3 《永久的福音》[The Everlasting Gospel]［约1818年］，出自《威廉·布莱克诗全集》[The complete poetry of William Blake]，连同一篇罗伯特·西里曼·黑尔耶[Robert Silliman Hillyer]的序言（纽约：兰登书屋，1941年）——原注。

现代对于一种原初时间以及与自然相调和的人类的怀旧，是一种与前基督教的概念截然不同的态度。尽管，像异教世界一样，它假定有一个先于历史的黄金时代存在，这个时代却与一种循环的时间观格格不入。向着幸福时代的回归不会是星辰旋转的结果，而是由人打造的革命的结果。过去并不回归：人自愿并故意地将它发明出来并把它置于历史的内部。革命的过去是未来所采取的一种形式。异教徒信仰一种非人格的命运；现代人则信仰自由，它是基督教的直接继承者。那个困扰圣奥古斯丁的谜——如何调和人的自由和神的万能——自18世纪以来始终令人担忧不已，对于革命者和进化论者都一样。历史决定我们到多大程度，人到何种地步才能引导和改变它的进程？在必然与自由的悖论之上可能还要加上一个：现代社会的批判采取了一种暴力行为的形式。革命是被翻译为行动的批判。与此同时革命又是平等者之中原初契约的续订，历史与不平等之前的时间的恢复。这一恢复意味着一场对历史的否定，尽管这样一场否定的发生要凭借一个绝对是历史的行动：被转化为革命行动的批判。朝向原始时间的回归，回到历史和不平等之前，代表了批判的胜利。因此我们可以说，无论这命题会显得多么惊人，只有现代能够带来向着原始时间的回归，因为只有现代能够否认其自身。

现代诗歌，自18世纪末诞生以来，始终体现着这样一种对批判的批判。出于这个原因它是在一个既先于又对立于现代性的原则上寻找它的基础的。这一原则，不受变化和时间演化的影响，即是卢梭的开始的开始，但它也是威廉·布莱克的亚当，让·保罗[1]的幻象，诺瓦利斯[2]的类比，华兹华斯的童年，柯勒律治的想象。无论它的名字是什么，这一原则都是对现代性的否定。现代诗歌肯定自身为这一原则发出的声音，视其自身为基础的原初词语。诗歌是社会的原初语言——激情与感性，先于一切宗教启示；同时，它也是历史和变化：革命的语言。诗歌的原则是社会的，因此也是革命的：它是对原初

1　Jean Paul（1763—1825），德国作家。
2　Novalis，原名 Georg Friedrich Hardenberg（1772—1801），德国诗人，作家，哲学家。

的、不平等之前的契约的回归。它是个人的而又属于每一个男人和每一个女人；它是对原初的天真的收复。它既反对现代也反对基督教，但它又是一个肯定，既肯定现代世界的历史时间（革命）也肯定基督教的神秘时间（原初的天真）。在一个极端上，建立另一个社会的主题是一个革命性的主题，它将开端的时间置于未来之中；在另一个极端上，原初的天真的恢复是一个宗教主题，它将堕落之前的过去置于当下[1]。现代诗歌的历史是革命的诱惑与宗教的诱惑之间振荡的历史。

---

1 在西班牙语原版中此句写作"它将基督教的未来置于堕落之前的过去"。

sinologist

汉学家

雷立柏（Leopold Leeb），中国人民大学教授、古典语文学家。1967年生于奥地利，1985年进入大学学习哲学、宗教学及基督教神学。1988年至1991年在台北辅仁大学学习汉语和中国哲学。1995年在奥地利取得硕士学位后来到北京，考入北京大学哲学系博士班，师从汤一介先生和陈来先生，于1999年获得博士学位。1999年到2004年在中国社会科学院世界宗教所进行翻译和研究，并开始教授拉丁语、古希腊语和古希伯来语。2004年2月至今任教于中国人民大学文学院，开设"拉丁语基础""古希腊语基础""拉丁语文学史""古希腊语文学史""欧洲中世纪文学史""古希伯来语"等课程。他已出版40多部涉及语言教学和中国历史的汉语著作，著有《古希腊罗马与基督宗教》《论基督之大与小》《圣经的语言和思想》《张衡，科学与宗教》等，译有《古代教会史》《中世纪教会史》《近代教会史》《传教士韩宁镐与近代中国》等，近期出版著作有编著《别了，北平：奥地利修士画家白立鼐在1949》，随笔集《我的灵都：一位奥地利学者的北京随笔》。近些年来，致力于以"世界公民"与"文化桥梁"的视角，沟通中西文明的对话与交流。

《光年》对话雷立柏：拉丁文化与中国传统

萧轶 采访

萧轶：从奥地利到中国，在中西文明交流之间，您把北京城比喻为桥都。那么，我们从桥头奥地利开始谈起。谈起奥地利，中国读者都会想起茨威格的《昨日的世界》，不仅仅是我，包括我周围很多朋友，在阅读茨威格的著作时，读到 1914 年左右，后半部分就不太想读下去了，就好像奥匈帝国瓦解后的世界不那么浪漫了。一战之前，奥地利的维也纳聚合了世界艺术的各种形态；在您的新书《我的灵都》里面，您也是如此来看待当下的北京城：它也是各种文化艺术聚合之地。在书中，您总是从北京的各处遗址和文化现象中去追溯中国的历史，您在面对中国社会时，复活了历史的想象。您作为一名奥地利人，成长的经历是否也如北京那样，让您和当年的维也纳产生过某些历史的想象力，或说两国历史给您的生活有何不同的感受？

雷立柏：这是很复杂的关系。我作为一个现代奥地利人，生于 1967 年，父亲生于 1935 年，母亲生于 1938 年，正好处于第二次世界大战之间。那是个全面崩溃了的世界，之后才有一个新的奥地利———一个很小的国家。在 19 世纪，奥匈帝国是一个多民族的、庞大的、世界性的大国；在第一次世界大战时，这个大国时代就结束了；紧接着，是夹在两场世界大战之间的痛苦阶段。那段历史离我们的生活比较远。但我还是认为，哈布斯堡王朝时代有很多贡献,那时奥地利还是一个强国。奥地利和法国的最大差别是法国的近代化、现代化充满暴力。而奥地利在 18 世纪就开始现代化。从 1740 年到 1780 年,女皇主动地推动现代化,涉及教育的普及、禁止虐待法案等。哈布斯堡王朝引导奥匈帝国慢慢地走向现代化。如今,有部分人很反对哈布斯堡王朝,但大部分的人还是比较拥护。然而下面的属国已经准备独立了,紧接着就是多民族帝国的瓦解:在 19 世纪,捷克人、匈牙利人因为拥抱自己的语言和自己的文化,一步一步走向独立。

20 世纪 20 年代到 40 年代,很多人都认为奥地利已经没有生存能力,即将被世界所淘汰,只能和德国合并。那时候的奥地利,痛苦得等于是接近内战。我没有经过这个痛苦的阶段,我们好像都是新奥地利人。这个新的奥地利,有一点像瑞士,作为一个中立国家:东边是俄罗斯,西边是自由世界,夹在这两大块中间的一个中立国,在一个有限的空间发展起来。我们的形象是音乐之都,也是旅游之国,新的奥地利很幸运,也很快乐。我最大的感受就是我来自于一个小国,尽管以前是一个大国。但是,我们普遍认为,我们还是做一个小国好。19 世纪,身为大国却很痛苦,内部会爆发出很多问题。周围的那些国家,也认为还是小国更好,比如匈牙利就比较小,还有后来的南斯拉夫或者右边的克罗地亚。

然而,大部分的中国人觉得大国才是好,小就不行。中国太大了,所以作为一个西方人、欧洲人来到中国,就是从地理层面上,中国的一个省都比我们奥地利大十倍。经常有人说,老师你很懂中国,我说我不太懂中国,我连北京都没有懂,北京也是那么的庞大。这里存在一个认同感的问题,比如我认同人民大学的校园,因为我比较熟悉;我认同北京,因为我比较熟悉。但是,中国大部分地方我都没有去过。如果中国是一个小国,或许会赢得更多认同。

萧轶: 奥匈帝国之前作为一个非常庞大的帝国,紧接着面临了庞大帝国的轰然倒塌。对于中国人来说,面对这么一个庞大帝国的分崩离析,后代书写历史时似乎会面临一个尴尬:如何书写那一段历史?对于奥地利人或者历史学家来说,奥匈帝国的瓦解前后(包括你刚才说的夹在两场世界大战之间的痛苦历史),那段历史的国家认同感,是如何体现在历史书写上的?比如说中国,在近代史上也被割让了很多的领土,后代的历史书写往往会陷入一种悲情的叙事,将这段历史书写成一种屈辱史。那么,对于奥地利,是如何书写哈布斯堡王朝覆灭以及奥地利被吞并的那段历史呢?

雷立柏:没有这种悲情叙事。如果一个历史学家在他的历史著作里面写,当时本来是奥匈帝国,奥地利和匈牙利合并起来多好啊,匈牙利人会批评他。这是欧洲特殊的地方。某个欧洲国家的历史书写,邻国都会看到,也会提出批评。

在亚洲,可能日本人看中国的历史书也会提出一些批评,或许韩国人也会写,但是缺乏彼此的沟通。然而,德国人会看奥地利历史学家写的书,英国人法国人都会看,所以欧洲的历史写法,是一种比较实事求是的写法,当时就是这样的一个发展过程。比如我认识一个在奥地利待过的罗马尼亚学者,他说19世纪奥匈帝国在罗马尼亚拨款盖楼,这些楼在当时用来普及教育,当时奥匈帝国也帮助过我们罗马尼亚人。这些一百年、两百年以前的老楼,到现在还屹立着,我们甚至怀念并接受奥匈帝国,而不是一种悲痛的陈述。当然也有一些历史学家会写一些问题,比如有本书叫《希特勒的维也纳》,希特勒年轻时也在维也纳,在第一次大战之前。那时的维也纳已经开始有很多分散的力量,还有很多民族主义思潮以及种族主义的思想。种族主义不是希特勒发明的,那时的维也纳也有类似的论调,比如说伟大的德国人、捷克人都是骗子、匈牙利人有毛病、犹太人就是这样坏等等。在奥匈帝国晚期很多书也有这样的声音,而希特勒当时就在维也纳……

历史就是一个共同的经验,维也纳人有很多亲戚是来自于捷克、匈牙利、克罗地亚。比如我姓雷,我都不知道这个姓从哪儿来的,90%是犹太人的姓。我们祖先500年以前可能就有一个犹太人,我们也是天主教徒,种族的融合特别明显,这就是我们的历史。几百年间,维也纳一直在容纳和接纳外国人或者别的语言的民族的历史。当然,这个问题现在又变得非常迫切,欧洲究竟怎么接受来自阿拉伯国家或者伊斯兰教的难民……

萧轶：说到欧洲难民，当下世界似乎存在一股内卷化的保守思潮：强烈的民粹主义、排外情绪和孤立主义……在全球化时代传递着反全球化的信号。当年的维也纳乃至欧洲青年有着一股世界性的焦虑感，迫切地谋求世界性的眼光、世界性的视野，争做一位世界公民，好像他们内心对于世界文化怀有一种强烈的乡愁似的。从您自身的经历而言，从奥地利到中国台湾再到中国大陆，包括您学习这么多门古典语言，又如您经常从北京的普通生活中，去追溯一种中西之间的庞大视野的历史渊源，这是否也算是您对世界文化的乡愁？或说，与当年的维也纳文化人所持有的那种情怀有何异同？

雷立柏：我在一个很小的农村长大，从小对于世界不太了解，也没有世界性的思维。但我父母他们有一种经验，他们大约在1961—1964年去奥地利谈生意，恰逢很多非洲国家宣布独立，但缺乏经济资源和专家，所以奥地利组织了一些志愿者。我妈妈学的是护士专业，我爸爸是天主教工人，就志愿去教他们怎么烧砖。回来以后，他们就结婚了。我小时候起就看到这些非洲小孩的照片，这让我很早就有一个愿望：要和我的父母一样去非洲，去这些很穷的国家帮助他们。但后来，因各种缘故而未能成行，但去非洲的理念促使我学哲学，希望了解世界的精神根源，所以我就去研读哲学了。

真正地说，成为一个世界居民或者世界公民，还是一个很长的过程。我在高中学习了英语以后，没有对话的机会。21岁的时候，我去了台湾，就有机会和一些美国人沟通，还有德国人、菲律宾人和印度人都是跟我一起学习汉语的同学。在这种多元背景下，慢慢认识到世界需要沟通的语言，还有互相交流彼此的想法和经历。尽管我的研究重点是中国哲学，但我还是认为应该学习希腊罗马古典史，回到哲学的传统里去。再一次来中国，是在1995年来到北京，了解到了更多东西。比如说德国的思想家和英美的思想家有什么差别，他的出发点和终点在哪里等。

所以，我有意识地将这些古典语言作为重点，我想通过语言去追溯它的根源。

来到北京，我开始教拉丁语和古希腊语。通过拉丁语和希腊语，我才觉得真正进入全球的思想史，现在大部分的思想概念都从这个根源来。我们的语言，实际上是一个共同的语言。在 100 年、150 年以来，中国人翻译了很多西方书籍；同样地，通过翻译工作，现代汉语已经成为世界性语言，中国人讨论的问题和西方人讨论的问题是一样的。在 200 年以前，中国人的语言是四书五经的语言，知识分子是中国传统的读书人，但是，现在中国人和外国人的语言是一样的，所以我的著作里的很多思考都是从语言出发。

现在，汉语也算是世界性语言，接纳或者创造了很多的概念，这些概念在全世界都存在共性。那么，我又开始把一些古希腊的著作译成汉语，比如说"几何学"这个词也是从那边来的。但是，西方人什么时候开始有了这门学科？中国什么时候开始有了这门学科？西方人什么时候开始分析三角形、正方形？中国人什么时候开始有了三角形、正方形？我们共同的一些学科，它们是怎么长出来的？就是从古希腊长到罗马，然后又到德国、到法国、到英国，然后又传到中国，或者哪些东西在中国古代已经有，然后和西方的东西结合起来了，这是一个非常有意思的过程，也是语言的发展过程和思想的发展过程。在这个过程当中，有很多桥梁人物起了很大的作用。比如，在 19 世纪有一个美国的学者叫作丁韪良，像这类人都是作为桥梁人物存在的。

萧轶： 世界的交流靠语言，语言的交流史等于思想的传播史，很有意思。另一方面，奥匈帝国的瓦解也是和语言有很大关系，它的分崩离析就是从语言开始的。那么，从您教的古典语言学或古典语言史来说，世界与民族之间的联系，是如何通过语言问题去呈现的？

雷立柏： 罗马帝国在历史上统一了整个西方世界，但罗马帝国是双语的，罗马帝国东部的人使用希腊语，西部的人使用拉丁语。但官方语言，无论东部还是西部都是用拉丁语。这个模式在欧洲中世纪也有，比如共同的学术语言就是拉丁语，大学也是拉丁语教学。但是，每个民族在官方的学术性语言之外，还是说自己的民族语言。奥匈帝国也是如此，德语作为官方的语言，而实际上各民族都说的是自己的语言；匈牙利把拉丁语作为官方语言，但普通人还是说匈牙利语。

近代国家，无论德国、法国，从18世纪开始，曾有意推动标准的国语。中国在20世纪初，钱玄同等人也曾做过这事。什么是国语？国语是普通话、标准的官方语言，这些人编辞典，把语言标准化。今天的学术界，可以说是英语代替了拉丁语的作用，就是一个共同的跨民族的、跨国籍的、共同的学术语言。中国人不断把英文的著作译成汉语，英语这种共同的学术语言不断地影响汉语的概念、汉语的用法、汉语的语法和词汇，形成一种新的语言。中国人虽然看的都是汉语书，但实际上一直在参与世界性的共同对话，或者说语境和舆论，也就是说，大家共同讨论的很多问题，都是我们作为世界公民的话语讨论，我们应该是同一个世界的人。当然，毕竟存在思想形态和意识形态差别。但在很多的方面，我们还是有共同的语言，比如说教育学科，我刚才提到的几何学，世界上所有的孩子都是学什么是点、线、角、面，这些都是共同的。

对此，我会问，这个共同的根源在哪儿？很多人说因为希腊，后来的西方思想都是从那里来的，但他们没有意识到这些和传统的关联。我觉得，需要去做这种知识考古学。我会问，哪一个中国学者写了第一部汉语语法史？是马相伯，在1897年，在此之前，中国人使用的是古汉语，有了这种工作准备，才能有白话运动。事实上在马相伯之前，已经有很多外国传教士为了传教，为了学习好汉语，就必须去分析汉语的语法结构、句法结构，早在17世纪已经有一些人用拉丁语写语法书，分析这些汉语单词的用法等等。

萧轶：一般来说，偏古典学的学者，我看很大一部分对现代文明都持有比较保守的态度，比如说美国的批评家哈罗德·布鲁姆认为，文化在不断的萎缩，在他与古典文化之间，好像存在某种古老的敌意？然而，我看您的随笔集《我的灵都》里，您与现代文明之间并没有像他们一样，存在某种戒备的敌意？

雷立柏： 我很高兴生活在现代。我记得很清楚，在15年前，有一个从美国来的古典学家到社科院做演讲，吃饭时他说后世的哲学家没有一个超过亚里士多德，后来的整个政治体系都没有达到古代雅典的水平。为什么？他们有直接的民主，所有的自由的公民，每两个星期都聚会一次，每个人都有发言权，而且马上你就当选，你就是我们的部长，这个是直接的民主。然后他说，这种民主后来越来越不行，雅典是人类文明的高峰。无论是中国，还是西方，一代不如一代，先有黄金时代、白银时代、黑铁时代，就是中国也有尧舜禹、孔子，最高的标准还是最古老的。可能我受到更多的是来自于近代的或者中世纪的历史观的影响，我的历史观可能是有进步概念的历史观。进步的历史观来自于基督教，它从《旧约》走到《新约》，所以我没什么敌意，反而觉得在今天的社会，很多人的潜能都可以发挥出来，而古代反而存在更多的问题。比如说女性的地位，女人在古代社会确实地位很低，在古希腊罗马也有杀女婴的习惯。但是，在古代晚期基督教是保护弱小者的，如果你看《新约》，它对女性的态度是很尊敬的或者说很同情的。

萧轶： 我不知道，是我的错觉，还是认知有问题，可能我错了。在我的阅读里面，好像民国的基督徒偏知识分子更多，可能当下中国的基督徒的增长偏普通百姓的增长？

雷立柏： 因为我们听到的声音就是那些知识分子的声音，而实际上，还有很多百姓也一直就在那里，只是他们不写书，也没留下些什么让我们可以去看他的思想。无论是民国还是现在，都有很多的农村基督徒，也有一些知识分子基督徒。民国时代甚至存在大批的教会学校，北京有燕京大学，山东有齐鲁大学，南京有金陵大学，广州和上海更不用说了。而这些知识分子在民国时代，也有很显赫的地位，所以给人一个印象，那个时候就有很多的知识分子基督徒。

我写了一本书，就是谈1900年到1950年中国知识分子眼中的宗教，讲述他们是怎么看待基督教的。那个时候，确实有很多突出的中国知识分子，写文章谈论基督教。在民国时代也有很多农村的基督徒。天主教在中国的农村比较多，而很多的知识分子都是在城市上了教会的中学、大学。民国时也有很多的人被忽略了，其中被忽略的一个人叫吴经熊，浙江人，他写了一本《超越东西方》很有意思。他在那个年代认真地对待中国文化、西方文化，还有基督信仰，他觉得基督信仰就是桥梁，可以连接共同的世界观。他说，儒家传统、道家传统和基督信仰结合在一起就变成酒，中国传统就变得更有价值。

可能这也是我们今天面临的一个挑战，中国文化和西方价值观碰撞后，才能创造一个新的东西，它既是中国的，又受到了世界文明的启发。到底该怎么表达这种中西结合，这在我看来是很有吸引力的课题，就是中国文化和西方文化之间的差别；如果说要结合，它会是什么样的结合。

现在我考虑比较多的是文字的问题，比如说汉字原来都是竖着写，现在都是横着写。原来古汉语没有标点符号，现在我们加上标点符号，实际上这已经是中西合璧。汉字我觉得是很有弹性的，它可以接受新的因素，而且应该接受这些新的因素。

萧轶：您对中国文化，或者说西方对中国文化的学习态度，与中国学术界似乎刚好相反？尤其是在中国传统文化上面，中国人自己似乎更多的是持否定态度，甚至非常鄙夷的态度。甚至，他们认为比如说西学东渐对于中国的改造、推动比本土传统文化更大。比如说谈到中国的现代化，基本上是一边倒在西学这一块。您也学习过现代思想，甚至专门研究过的，就您所了解的中国传统文化，怎么看待这种现象？又或者，怎么看待自己国家本身所具有的那些文化习惯？

雷立柏：中国文化最大的改变，就是从文言文到白话，到现在汉语的变化。从那时候起，中国人开始说世界语言，同时也大大降低了儒家的地位，很多的传统学问就被贬低了。对于这个问题，在20世纪发生了一些很极端的评价，但还是要用现代人的头脑去重新评价。

我们重新看待古代经典，这是一个很大的问题，涉及到教科书由谁编、内容应该是什么……应该有很多的教育家、哲学家、历史学家参与这种讨论,这些教育家、哲学家和历史学家应该精通中国传统,同时又精通世界文明或者西方哲学、西方历史,才可以站在一个超然的角度,从世界史的眼光来看待中国文化的价值,任何一个极端的评价都是错误的。

dialogue

谈话录

奥登谈王尔德

王东东 译

> 我不能忍受基督教徒因为他们永远不是天主教徒,我也不能忍受天主教徒因为他们永远不是基督教徒。

奥登:有时候我猜测是什么东西真正让王尔德区别于其他人,可能并非他巨大的成功,而是他在监狱的经验——

格里芬:是的,我记得,在《自深深处》(*De Profundis*)中他承认:"我变得对其他人的生活漠不关心。"一个非常成功的人,我想,对其他人境况如何并不会特别感兴趣。

奥登:亦或者说他的兴趣采取了一种怪异的不共情的方式。世俗性的成功就像性爱,这是一种你只能和懂得它是什么的人分享的经验;在它的非普遍性上,世俗的功成名就并不像性爱。

格里芬:它的确有时会和性爱混淆在一起,令人惊奇地迷惑。并以那样的方式登峰造极。看一看拜伦是如何混淆了事物。

奥登：我曾经喜爱的，迪克·惠廷顿（Dick Whittington）的传说，就是一个传统的成功故事，一个童话。他八面玲珑，并能听到钟声对他的预言信息（"快返回，惠廷顿；三次执掌伦敦。"这是钟声对惠廷顿说的话。——译者注）显示了他对魔法的灵敏。

格里芬：我可以理解那个！一生中的大多数时候我都在等待钟声响起，这样我就可以回返。

奥登：迪克·惠廷顿是成功的，按照世界的标准。他变得富有，当上了市长，并和老板的女儿结了婚。这个世界崇拜成功，在它自己的意义上，这个世界并非没有道理。然而，它有关成功的观念是如此扭曲，以至于经常会认不出何为成功。为何世界的判断总是受到肯定，这只有一个原因，就是人们倾向于接受它的价值。

格里芬：以一种程式的方式思考，将艺术家和世界放在对立的位置，是正确的吗？

奥登：我不知道，但让我们看一个例子。以王尔德为例。未到不惑之年，他已获得巨大的成功。正如他所说，他的成功的绝对让他全然无视他人的生活。他是一个非常好的艺术家，但作为心理学家却不够好，顺便说一下，这也是他写不好小说的原因。在他的日常事务中，他并没有对人们表现出多少洞察力。在处理时他总是不断犯错误。我对他处置他的审判的方式并不同情。从一开始他就误读了昆斯伯里的性格，失去了揭开后者的虚张声势的机会。给俱乐部的卡片上的拼写错误，一支蔬菜花束，本可以给王尔德提供他这种人的性格的蛛丝马迹。年轻的不负责任的罗伯特·罗斯（Robert Ross）建议王尔德找律师，并试图获得逮捕他的克星的允许。当律师让他发誓诽谤中是否有真实的成分，王尔德却保证他是无辜的。在人类社会的世界，王尔德意识到了谎言的荣誉，甚至写了一部随笔《谎言的衰落》。但是一个人本来应该想到，即使是他，这也不是撒谎的正确时候。事情看起来就好像是，王尔德的成功已经开始自我消耗，而主人公知道他必须推着自己向前。有时候一个人成长的唯一办法就是让他的戏剧感裹挟他。

格里芬：如果说王尔德被厄运吸引，是真实的吗？

奥登：我不认为是。他更多是一个享乐主义者。这些元素之间的冲突造成了《道林·格雷的画像》中的大部分张力。很自然的，享乐主义者赋予了青春以过高的价值，相信青年人赤露坦率、美丽俊俏、纯洁无辜、方正贤良。在审判席上，王尔德悲伤地说："我的乐趣是与年轻欢乐、粗率自由的年轻人在一起。我不喜欢感伤和衰老。"

格里芬：《道林·格雷的画像》可谓是一部青春寓言。

奥登：写这本书时，王尔德三十八岁。在那个时候，他的婚外性经验还不多，有一些吧，不再年轻，他能够完全欣赏青春的哀婉凄美，青春的热烈和自我吸收。故事情节有似于纳西索斯神话：回声女神变成了女演员；池塘，则变成了画像。以自我为中心，享乐主义者视外部世界为镜中投影；而他本尊的形象则永恒不变。

格里芬：审判和监狱将要教给王尔德一些生命的黑暗面，而他自己也能够顺时转化，实际上是应该如此。从这些经验中他最好的作品产生了：《雷丁监狱之歌》和《自深深处》。

奥登：但是在多大程度上他转变了呢？合乎道德意义地说，监牢经验能"磨炼"一个人的方式就是让他衰老。对于王尔德这样的人来说，身陷囹圄减少了他在 x 与 y 之间做出选择的机会，并且也不存在"转化"的传统问题。虽然雷丁的经历可能让他更深感知到人生的难以控御，但却极少会影响到他的癖性。王尔德太过于相信个人的独一无二、人格的珍惜可贵。他说，在雷丁及其后，他唯一感兴趣的是和基督有关的艺术生活，虽然这是真实的，但我们必须将之和他晚年所过的另一种大相径庭的生活相平衡。奥斯卡热爱罗马天主教信仰的香醇的、艺术的一面。在他被释放后，他的朋友们，罗伯特·罗斯、阿达·列维森和其他人为他安排了一次聚会。微笑的面庞、美酒和花束环绕着他。然而在庆祝的间歇，他找时间给一个罗马天主教修道院写了封信，询问他能否在那里隐居六个月，并用加急马车发出了信。不久，一个传信人带回了答复。他的请求被拒绝了；他们不可能由于一次考虑欠周的冲动而接纳他，对于这个问题他应该至少考虑一年。这件事感染了王尔德，他开始哭泣，但是罗斯转向他，成功地将他的思绪引向未来的另一个方面，并且开始实施了他们即刻离开前往迪耶普（Dieppe）的安排。就有这样的时刻，可以窥见"一个人生活的边际"。

格里芬：王尔德对宗教的态度既不肤浅庸俗，也不是浪漫主义的。他不是说嘛，"我不能忍受基督教徒因为他们永远不是天主教徒，我也不能忍受天主教徒因为他们永远不是基督教徒。"监狱的经验当然教会了他何谓宗教颤栗。

奥登：在那场灾难之前，甚至在那之后，王尔德最为崇奉的就是那些能够给他带来快乐的事物。他几乎接受了这个世界的价值观念。这个世界认为对于人生何为良善？何为有益？又何谓无益？所谓善，王尔德的回答，就是金钱、出生、美丽和头脑。而无益之事就是受苦。受苦是消极的，贫瘠不育，而且粗俗。奥斯卡在最好的时候拥有俊美容貌、磁力、机智和头脑。但是他被一种升向更高阶层的恐惧攫住了。从世俗的标准看他是成功的，但实际上，这并没有让他的境遇更为轻松。试看他的成功如何揭示了他。《道林·格雷的画像》中的一个人物说："现在的年轻人想象金钱就是一切。""是的，"亨利·沃顿爵士说，"当他变老，他会懂得这一点。"这是颇能透露内情的。你知道，王尔德喜欢吹嘘炫耀和享受特权，即使被禁闭在监狱里，他仍然不会改弦易辙。他并没能以一种缓慢的生理方式达到自己的力量，以让受苦经验融化整合在他的生命里。在他的《自传》的某些地方，道格拉斯宣称王尔德在事件之后对他很严厉，并非因为他的所作所为，而只是因为道格拉斯已经变老，失去了肉体魅力。

格里芬：这正是道格拉斯这种人会说的。你听不出他说这话的语调吗？……在这场控诉事件中，王尔德最初将道格拉斯视为一个美学对象，这是有真实成分的，但是在监狱中，他认识到他永远不会懂得他朋友的性格，而他们之间的关系，在某种程度上，是神秘的。在《自深深处》的结尾，王尔德说："记住，我仍然需要认识你。可能我们都需要认识对方。不要害怕过去。"释放之后，王尔德在鲁昂与道格拉斯聚会，虽然其他人费了九牛二虎之力一直让他们远离彼此。忠心耿耿，他仿佛一直到最后都对他的朋友抱持一种温情。王尔德以一种奇怪的方式使用金钱的象征符号。他认为情感需要被"偿付"，而"直到进账进来"一个人不可能体会情感的价值。

奥登：金钱是一种试金石。作家如何感受金钱，总是意义重大。

格里芬：他可能什么也感知不到，只是需要它。

奥登：是的。《道林·格雷的画像》中的很多情境，因为只是埋葬在潜意识层面，所以隐而不彰。以道林·格雷—阿兰·坎贝尔的情节为例。在故事这一部分最终显示出的是愿望的力量。因为在王尔德的小说中，难以置信，总是那颠倒的反常人物敲诈勒索，而却不会被胁迫。这种讹诈总能大行其道，这以一种狭隘的方式让故事显得老套。

格里芬：宽泛地说，王尔德是一个存在主义英雄的先驱。他是一个临时的特使，一个随波逐流者，而时代给他上的一课又是多么苦涩。未来，可能对于他来说是荒谬的，就像现在一样。他屈服的事物，是那些裹挟每个人的野蛮力量，将人猛掷向群氓和事物。

biography

诗人志

世界中的世界

斯蒂芬·斯彭德 撰文

叶美 译

> 奥登和我面对记忆的态度不同，确实，这一点或许是我们全部差异中最重要的区别。因为记忆是创造性天赋的根本。它能够使诗人去接通瞬间的直觉时刻，这时刻被叫作灵感，它携带着他在过去时刻中感受到的种种印象。

通过我的哥哥米歇尔，我认识了很多还在上大学的科学家，都是他在贝里奥学院的同龄人。我的哥哥是个研究能源的物理学家。在人有能力做重要决定的最早期阶段，米歇尔就已经决定，效率和目的性可以作为价值标准，因为它提供了强有力的、真实的通道，以远离我母亲的反复无常和我父亲的华而不实的性格。这种态度使他在我们家庭生活中获得了支配地位，我之前描述过。早年他成功地说服了我父母，这样他就把行动中"失败的概率"降低到最小程度。在任何环境中他都会是一个守时的、谨慎的、才华出众的人，九岁他就已经确立自己的独立性，并且获得了我们直到十六或十七岁才拥有的自由。他的成功多少是以牺牲我们为代价，强调他自己的"有效"和我们的"无效"。他从他的实验词汇表里不时地发明使人难堪的科学警句。家里的桌子中间，放着一个旋转的手推车，我们叫他哑巴侍者。我的小弟弟汉弗雷把它转得飞快，以至酱瓶飞了出去。"这是如何发生的？"他问，"向心力。"我的父亲说。"不是，是离心力"，米歇尔说，"正是没有向心力，才会产生离心力。"我长得很高，一天早晨我下楼吃早餐时，米歇尔认真地盯着我的膝盖说："没错，米歇尔需要穿长筒袜了，要那种竖直条纹的，因为它能够提醒他要站得笔直，平纹的不行，效果会不好。"我十三岁，他分析我的血液，并且严肃地宣布说它在分类学上位于下等。一年之后他甚至拿出一份更令人沮丧的报告，认为我的头骨和洞穴人一样古老。

或许我的哥哥，这位挥舞科学武器的科学家，其显示出来的幽默比我们意识到的多。但其实他相当缺乏幽默感。因为有一次他用精彩的回嘴叫我叔叔阿尔弗雷德——J.A. 斯彭德先生——无话可说。奥斯伯特·希特维尔先生给我叔叔画了幅肖像画。"他头发上柔软的白羊毛，像精神光环一样环绕着他。"[1] 同时大家也都说他的头发像苔藓。外祖母特意把他唤回来，和我们辩论此事，他说，"你们这些年轻人，和所有斯彭德家族的人一样，都是坚硬的羊卷毛。"当时，我哥哥米歇尔，紧紧地盯着阿尔弗莱德叔叔的头发，然后说："那么，至少，坚硬的卷毛不会打绺成苔藓。"

米歇尔因为深信自己在获取知识方面能力很强，所以他毫不留恋自己的过去，成长中他总是用后面学到的知识遮盖住之前的。在我成为作家多年以后，有段时间他一连好几周去做心理分析。他发现他不能记起童年的任何事情，他整体上轻视它们，并尽力去遗忘。所以他说服分析师（一个荣格主义者）同意一场不同寻常的安排，即为了帮助他回忆童年，要求我和他一同参加他一个小时的精神分析治疗。治疗过程中，我发现米歇尔凡是涉及到我父母的回忆，他都因为他们的"极端不称职"，已经统统从脑海中删除了。从此之后，他尽可能地不去想他们。分析师问我关于他过去对我的态度如何，于是我讲了他分析我头骨和血液这件事。分析师问米歇尔他对我头骨的分析结

---

[1] 《隔壁房间里的笑声》，奥斯伯特·希特维尔著（麦克米兰出版公司）。

果如此不合常理，是否是出于嫉妒心？米歇尔说不是！令我相当惊讶的是，他记得这件事，他认为分析是基于客观判断。他说他自己过去从未持有过主观见解。后来分析师要求米歇尔画出我十五岁的头骨。米歇尔毫不犹豫地画了一个可怕的图像。因为他真的认为自己一直都是在客观地看待事物，思维从不具有主观性。

无疑我们之间有竞争，但或许他这样说没错，从他的角度来讲，他没有嫉妒的动机。我们都知道，他是通过最严格的自律和自我防御，才把自己从我们家庭生活的混乱情感中解放出来。他已经拥有了自己的自由，并且因为考试方面持久而出色的能力，在学校和家里获得了尊敬。他第一个理智的看法是家里每个人做事都"没有效率"——这种发现在他生命中的重要性可以和人类种族历史中火和车轮的发现不相上下。他的整个思维体系以反对我们为前提；不仅是他令人惊奇的、抢救回来的、闪耀的聪明，连同他所谓的"科学态度"，这两者组成了他的信仰，它们是解决一切问题的方法、是理智的头脑、拼搏的激情和高效的策略。

因为我们每个人身上具有的非理性和绝望的情感，我们的这种面目，都是对米歇尔信奉科学事实为依据的世界秩序的挑战，在这一点上，米歇尔使我们感到深受伤害。因为，当我从家庭灾难中解脱出来，他的情感开始适应我是一个出版了诗集的人，他一定把自己当作上帝了，关心撒旦是怎么能够从无底洞洞口出现的。对我们家族的所有人，在他眼里，我是里面最代表情感极端的非理性的人。

我们第一个保姆，她描述的事情生动地解释了我和米歇尔的最早关系。那时他五岁，我三岁，无疑幼年争吵我总是占上风。但一天，米歇尔斜躺在我的小脚旁，保姆说，"起来，米歇尔，把斯蒂芬打倒。"——米歇尔马上这么做了。并且从此，为了逗保姆和后来几任保姆的开心，他经常这样干。

或许这是米歇尔的独立斗争中最初的胜利——某种程度上或许是他生命中最决定性意义的胜利。从现在开始他要求我应该在他纯粹理性的世界里扮演神话角色。他想要我做他这个普洛斯彼罗的卡列班，不是因为他嫉妒我，而是因为既然我是主观思维的典型代表，我应该通过扮演可笑的角色，以服务于他科学、理性的宇宙。

所以米歇尔绝不仅仅是嫉妒我，这一点作为事实，当我们在牛津时就证明了，因为当时他意识到他必须重新考虑我的位置，也同时弄清他自己的位置，他觉得自己是被迫这样做的，所以对自己很恼怒。他有种思维认为诗歌是种壮举，至今他还未冒险试过，但他自认自己对它很可能是"胜任的"。所以因为我对这个领域突然的卓越出众，他做好了准备要尊敬我。当我出版了一两部诗集，发表了一些文章，他有一天对我说："当然，如果我写书，会比你们任何人影响都深远。"自然，他的自我评价很自负，但却并没有冒犯我。相反我被打动了，因为他这么做无非就是想要获得别人承认，提高自己的自信。更重要的是，我坚信如果他，如果他认真写诗，作为一个探险家诗人，对自己在格陵兰岛、珠穆朗玛峰和大堡礁的经历，出版诗集的话，那一定会非常精彩。对这一主题，他会写得很好，因为他拥有绝好的素材。

因为信仰"科学"，米歇尔总是避免让自己碰触另一面的生活。在我眼里他就是这样一个故意拒绝发展此种能力的人，直到最后阶段，他才明白他对现实的看法是片面的，甚至因此，他自己的思维方式已扭曲。他缺乏对生命的非理性认知。他不断地遭受精神上的疾病之苦。但他越来越意识到他的缺点在何处，最终这种痛苦本身变成了精神体验的形式。

当他和别人待在一起，米歇尔有时给我一种印象，即无论他这个人天资多么卓越，无论他因为这些品质多么受人尊敬，很多时候，他都对眼前所见之物是盲视的；而他们瞧见了他的无能，并且能够理解它。有时他就像一个物体，更多时候是被人在观看，而不是在观看别人，或是像一个眼瞎的动物，单向地看着一个方向，并且用的是坏掉的那只眼睛。他用我们称之为"可爱的声音"说话，那声音令人尴尬，就好像他在逼迫自己如此。有时他发言前总是带着这样开头："说话要和科学家一样严谨。"

那时米歇尔已经意识到他生命的匮乏（大概是他上牛津的第一年），他因此开始了朝圣之旅，即开始成为寻找无意识圣杯的人。他去旅行，他和女人的交往，都明显带有探究原始事物的目的。第一次去珠穆朗玛峰探险时，他爱上了同行的女探险家。其他探险队员很吃惊，认为他是因为发热，才产生了爱情的幻觉。

从喜马拉雅山回来后，他深深地迷恋上西藏文明，觉得它比欧洲文明高级。他在格陵兰岛崇拜爱斯基摩人，这或许是因为在他眼里他们的生活显示了完美的效率，他本能觉察自己寻找的就是它。"爱斯基摩人能够在冰上定位，原地凿开后，你会发现六英尺下的游鱼。"他眨着眼睛说。

在柏林，一天晚上我们坐在罗马装饰风格的咖啡厅，米歇尔对我说："这里所有女孩都曾割腕自杀过，手腕都留着伤疤。"他边说，边带着统计学式的语调，炫耀着他一贯的科学精神，其实那不过是一脸盲目的欣喜，以为自己终于发现了什么秘密。

在牛津，我和米歇尔为了彼此亲密些，都做了令人激动的尝试，所以某段时期我们对这种关系感到很尴尬。米歇尔特别欣赏和他同校的一位同学，一个叫奥登的，写诗的人。"他是个手艺精湛的诗人，我欣赏技术活干得漂亮的家伙。"他说。每当米歇尔说这些类似的话时，脸上总会有种独特、诡秘、沉溺的表情。他大大的眼窝，在瘦小的脸上，栖息着苦难精神，加上一双凹陷的眼睛，都使我联想起深海的潜水运动员。

米歇尔的科学家朋友都精力充沛，性格外向；他们迷恋女人，却几乎对女人一无所知。在我眼里，他们中最可怜的一位是一个天才似的人物，他身体魁梧，像只大熊，名字叫克里斯多夫·贝莱。他的头发简直和毛刷一样笔直、坚硬。他的双手肉乎乎的，笑起来很迷人，他的宿舍如同动物巢穴。他让自己置身于装满唱片、啤酒瓶和留声机的房间中。他制造的机器，能够创造所谓的"高质量产品"，他和我谈论电子采样器和蓝宝石针，都是我闻所未闻的事物。他词汇表里最常使用的词语是"毫无疑问"，这使他说什么，语气都流露出极端的精确感。"你去了乡下了吗？"有人问他。他会挠着头，回答说："没错，毫无疑问。"这个副词使回答像外科手术般精确。

他们分析生命，对待自己的行为就像对待实验室里的研究，假装对其进行测验,找到答案和结果。我哥哥说他前一晚为了看看连续灌下几种威士忌后,多久会醉,所以亲自试验了一把。"哦,"贝莱会皱着眉说,"你喝了几种酒?时间间隔多久?"然后说,"你有什么具体反应?头晕,还是意识模糊,神经兴奋吗,或看东西重影吗?"有一次贝莱告诉我她朋友Y的事——他爱上了一个叫波莉的女孩。后来他每天都称体重,"毫无疑问"每天平均损失大概十磅——我忘了具体的数字。

这些科学家们谈论音乐的时候,一副对乐谱和作曲家的生活都了如指掌的神气。贝莱最大的爱好就是骑他的传教士牌大摩托车,车筐里塞满乐谱,去郊区的树篱附近阅读贝多芬。科学家认为作曲家很像自己(或许事实的确如此),都是手艺精湛、聪明、刚健、嗜酒、满嘴脏话的一类人。

贝莱对我非常温柔,他性格有善解人意的一面。事实上我们曾一同就读一所老学校——霍尔特的格雷沙姆小学,九岁时我有一次大声痛哭,当时十岁的他陪我散步,亲切地给我解释摩托车的原理。他用这样的语调说:"现在,如果你下山,你是按前脚闸还是拉旁边的手闸?"他这样温柔地询问,是为了试图让我重新高兴起来,牛津时他也如此对待我。他表面的粗鲁藏不住他的善良。有一次,我把一首刚打印出来的诗,拿给他看,他递回给我,带着最和善的笑容并且说:"毫无疑问,你的写作在进步。"

我哥哥、贝莱、特里斯坦都是我结识奥登的中间人,但他们对我实施了封锁。米歇尔、贝莱和奥登是同学;特里斯坦和奥登的关系与他和我的一样,相互折磨后又重归于好。在牛津平淡的社交界,所有人都和我谈论奥登,但没有一个人想让我见奥登。我哥哥和奥登的关系最疏远,他显然害怕引荐我后,他会遭冷落。特里斯坦的恐惧更复杂:他通常的原则是让所有朋友互不联络。他害怕大家见面后,像水滴一样汇聚在一起,某种程度上他作为这些友谊中最微不足道的一条细流,他会感觉就像中国的一种酷刑般难受——往每个神经病人的心脏里灌水,他不愿意情况变成这样,因为这些友谊是他精心建立起来的。如果所有人聚在一起,他就会被水流冲走。仁慈又和善的贝利把我和奥登见面看作是我的福利事件,应该尽可能地拖延下去。

他们所有人对我大谈奥登。贝莱说:"毫无疑问,只要走进房间看一眼他的书,我就会自惭形秽。"特里斯坦说他见过的人中,虽然奥登远不是最聪明的人,但如果相比我们自己这样的微不足道的牛津知识分子(特里斯坦的词表中知识分子是贬义),奥登则是最有创造力的天才,奥登内心极其温柔单纯。

自然和奥登会面,他们所有人都未出力,我是在阿切尔·坎贝尔举办的午宴上认识了他。作为苏格兰人,坎贝尔从不参加牛津比赛,他对比赛的态度混合着不屑和顽皮的嘲讽。我和奥登的第一次会面就以失败而告终。进餐时,奥登只是打量地朝我瞥了一眼,没说一句话。喝咖啡时,他歪着头,抬起下巴说:"你认为当今哪位诗人的作品最好?"我不安地回答我喜欢 W 的诗歌。奥登说:"如果谁施展拳脚时再使出吃奶的劲,那就是这个傻瓜干的。"让我惊讶的是,他离开时邀请我去他基督教堂学院的宿舍。

拜访奥登令人紧张。如果他发出了邀请,早到的人很可能看见沉重的"橡树"门上开玩笑地说他不希望被打扰。一旦见了面,他很可能会突然厌倦,会对来访者说谈话到此为止了。

我第一次赴约,他阴暗的房间,窗帘紧闭,他坐在桌边,前面放着一盏灯。他可以清楚地瞧见我,而我只能瞥见照耀在他苍白的脸上的光线。他的头发花白一片,虽然眼睛看不见,却炯炯有神,感觉他正警惕地眯着眼看你。他仰起头,吩咐我坐下。随即对我的生活、我的写作观做了简明扼要的审问。这个时候我在偷偷地背叛我自己。我想讨好他,尽量多说话,可是我说的话并不坦诚。"你喜欢哪位诗人?"他再次问。"布莱顿",我说。"品味还行。还有呢?"我又说了一个名字。他回答说,"这位诗人写作走错了方向。"接着说:"诗歌写得迷人,但头脑简单。"

之后他告诉我他认为写得好的人。威尔弗雷德·欧文、杰勒德·曼利·霍普金斯、爱德华·托马斯、A.E.霍斯曼,当然还有 T.S.艾略特。他的记忆力很好,能够有声有色地背诵诗歌,虽然唇齿发音不清,但声音听起来却意味深长,叫人很难忘记。他有种把任何朗诵都奥登化的能力,以至于如果他用他冰冷的声音,像钳子一样一字一顿地拨弄每个词语,如此去朗诵霍斯曼或莎士比亚的诗歌时，他们听起来就像是奥登本人写的。

　　奥登嘲笑同时代的大部分诗人，从不认可上面我提及的人。他认为整体上文学场域出现了空荡期。"很明显他们在等待某人出现。"带着跃跃欲试的语气，他说不久自己就会是站在舞台中央的核心人物。但他没有把自己看作未来唯一的作家，他极其强烈地渴望寻找到同行和信徒，不仅在诗歌上，也在所有艺术领域。他看见墙上罗伯特·梅德利画的一幅静物写生说："你将成为画家。"他的朋友伊舍伍德会是小说家，查尔曼会是该团伙的另一名成员，赛尔斯·戴·李维斯也是同道中人，一组临时的艺术家群在他的头脑中生成了，就像政党领袖提名的内阁组织。

　　我们第一次会面时他问我一首诗歌写多久，我不加思索地回答一天写四首。他非常惊讶并大声说："精力真充沛！"我问他多久写一首诗，他回答："我大约三周一首。"在这之后我也开始三周只写一首诗歌。

　　我会把自己的诗歌拿给奥登看。每次拜访他时，我把口袋都塞满了手稿，并且看着他阅读它们。有时他会喃喃自语。更多时候他的评价局限在选择一行诗歌来表扬。我给了他一首长诗，读完之后他是这样说的："在我的新土地上，射击是必要的。"这样的诗句写得漂亮。并且很快，在他描写荒凉的矿藏、描写侦查和射击的行动时，它会进入他的诗行——这些简洁的音节，充满了音乐感，就像是废弃箭杆上的微风。

　　我认识他六周之后，他一定是赞同我的很多诗歌。我相当惊讶地发现他把我看作是"团体"中的成员。有一次我告诉他我不知道自己是否应该写散文，他回答说："除了诗歌，你什么都不要写，我们不想在诗歌上失去你。"这个评价在我心里产生了一种希望和失望交织的窒息感，对此我抗议说："但你真的认为我有才华吗？""当然。"他冷静地回答说。"可是为什么？""因为你身上有种忍辱负重的力量，艺术诞生于羞耻。"他用冰冷的声音补充道——这使我好奇，他会在什么时候感到自己也是个被羞辱了的人呢。

　　无疑这段时间奥登影响了我。他的很多评价和意见使我受益匪浅，它们的影响甚至比我当时意识到的还要深远。这里我或许应该重申一下我写作的时候是十九岁，而他还不到二十一岁。但他在智识发展上做得很好，他的目的也很明确。我已经解释过了，我自己在这方面非常不愿追随哲学。我甚至缺乏词汇去理解他经常在讲些什么。我处在这种劣势，所以我是受益良多的人，也同时说明了奥登对我的思想给予了多么大的影响。但随之而来的是，当我解释了他的观点，我或许是在修正它们，或是甚至在重新组织它们，因为这一切都是来自于我后来获得的理解。虽然我引用的那些由短语组成的对话，他们已经印在了我的脑海中了，而我也并没有篡改任何一处。

对他的牛津同时代人，关于奥登印象最深刻的事情无疑就是在这样的早期阶段，他就如此自信，如此有意识地成为他生命的主人。他不仅对文学抱有明确的观点，而且还拥有自己的生活观，如果说它是幼稚的话，那至少它为他自己和他朋友们的行为提供了支撑。他把他自己看成是——那时我也如此想象他——一个有潜力和有天赋、有明确愿望和思想观念的人，生活在一个被一群共同对规则和传统抱着信仰态度的团体里，这个团体是由具备不同潜力、意见、观点的成员所组成。他的目的是要完成他的潜力，获得他欲望的满足，并且不带偏见，不接受任何对他自己的判断进行干涉的权威，坚持坚守他的思想。同时他会避免和周围人的兴趣和观点产生不必要的冲突。作为年轻人，他脾气暴躁，但他不是个反抗者。他的生命观是即时的，是超道德的，他把生命看作是被一个具有外科手术般头脑的人，在他分析和检查周围社会的肉体和灵魂后所实施的一场手术。他不声不响地，并且态度毫不含糊地反对她的同时代人和大学同学的道德观。他自己能够接受的唯一通用的美德是勇气；勇气可以说是任何渴望它的人都能够获取到的，以用来实现自己的独立发展。他早期哲学观的极端一面是他把自杀看作自己作为个体的正确选择，一旦这个人已经让自己处在无所事事的失败中，他就会渴望结束生命这场游戏。

对自我的认知，对禁忌和罪感的全然摒弃，对他人的理解，这些都是他完成自己事业的必要条件。除非一个人了解他自己，否则不会知道他想要什么并且该怎样计划得到它；罪恶和禁忌是位于个体欲望和欲望的满足之间的事物。理解他人对于真实地进入他们生命是必要的，并且把某一个人的精神模式嵌入到周围人的更大的精神范畴中是必要的。

在这个早期阶段，奥登已经有了现代心理学的广博的知识，他用此作为理解他自己和统治朋友们的工具。他的自我认知，连同理解他同时代人的这把钥匙，自然奠定了在他和他们的大多数人的交往中他的统治模式。他知道他想要什么，他看起来对自己很了解，这使他在那些虽然头脑聪明，但思想迷茫，缺乏自我认知的朋友们中间脱颖而出。

大概我夸张了他的自我意识和自信，虽然我想我没有曲解他给其他人留下的印象。尽管我认为没有人是我描述的奥登这种人，他们对自己抱有如此自信的态度。承认这一点或许是和他一起在认识他的缺点。因为对自己和他人太过了解是太过现实的态度，要冒甘心失败的危险。对我们了如指掌的医生能够瞬间变成对我们一无所知的人，因为我们被他对我们的观念所恐吓，因此他不知道当我们在其他人中间，或是独自一人的时候，我们是什么样子。奥登，尽管他深谋远虑，却缺乏对人类友谊的认识。他太强调问题，使每个人都要关注他自己，并且因为他总摆出一副观察者的姿态，他在观察别人的行为中，人们认为他是个令人讨厌的人。有时他给人一种在和自己、他人玩智力游戏的印象，并且这意味着在很长时间里他都是被孤立的。他早期的诗歌也同时给人一种理智游戏的印象——这种游戏可取名为临床分离法。它是一种公正的主观游戏，写的是灾难、战争、改革、暴力、仇恨、爱情，所有这些元素都是人生必经的经历。但是年轻诗人用超然的眼光观看战争横行的世界时，是冒着表面上给人一种非人道的感觉的危险。奥登自己道德感强烈，而且，他又是面对那些让他心如刀割的经验时，保持这种始终如一的态度。毕竟年轻诗人开始书写爱和恨、生命和死亡的主题的时候，他不能考虑公正和不公正的事情，就像对着冻原上的面貌一样，用冷静、精确地来追踪他们，虽然奥登态度不再超然，而是参加运动，写爱情诗歌，加入英国国教，我不能确信他是否完全打破了他和人类关系的隔绝状态，那就是他作为一个非常年轻的人，让人感觉有点聪明过头的结果。

他后期和早期作品截然不同，后期他试图寻找在早些的诗歌里描述的重大问题的答案。在早期那些极端的自传诗歌里，他会描述自己和朋友边散步边谈论非正义、被谋杀的某人、被扔下楼梯的某人等等；并且奥登描述自己作为倾听者，在面对这些关于人类不公平的叙述时一直保持了超然的态度："直到我生气了，我说我很高兴。"陈述就足够了，人不能抗议、断言、固执地试图找到答案。但或许这个态度的存在只是因为年轻的诗人不能进一步深入到所陈述的问题中去。因为在他诗歌的下一个阶段，答案就极其轻率地提了出来，这个答案是爱。爱，虽被认为能够解救一个已经意识到了他自己潜意识深渊的个人，也解救了一个对罪恶剥削感到懊恼的社会，但把答案说成是爱，对两者来说都显得太过强调分析，太过随大流和简单化，没有丝毫作用，在心理分析家的房间里包含太多的爱了。所以还有其他答案：从心理学到共产主义到基督教；他们保持了一点武断，或许这个武断的原因是诗人自己的孤绝。但如果奥登作为精神分析师的回答，是政治改革、全宇宙的爱和耶稣教义，如果它从未完全失去他们的武断、经验的品质，就好像他们被重复提起，以用来试图明白问题的本质，并且要通过某些假定的元素的安排，最终问题本身就是被非常深刻地被理解、被卓越地阐释。而问题就是这个世纪的人类。奥登自然是一个理智型诗人，但这样说，某种方式上会低估了他，暗示说他只拥有对事物理智的理解。他对他陈述的境遇既有种智力上的理解，但也用心灵去感知，如果他提供的解决办法看起来把问题归往智性，那么它本身就是成功的。

但回到1928年，那时我们都还在牛津。

我们第一次会面有一个插曲显示了我的无知。我告诉他我喜欢他的一首我在牛津杂志上读到的诗歌。"你为什么喜欢它？"他问，而我没有理解那首诗，所以我也就解释不出原因。我说："我喜欢写气候的部分。"想想"气候"这个词是在故弄玄虚地代表高潮的意思。我记起了奥登自己说艾略特的《荒原》是气候特征明显的诗歌，我把他的意思理解成那是一首对万物充满感觉的诗歌，这种感觉来自于气候，而气候某种方式上是地质的特征引起的。"写气候的部分，你的意思是什么？"他好奇地问："我不记得里面有任何关于气候的东西。"我也不记得，所以我没有说话。幸运的是，奥登放下了这个话题，他低了会头，就好像在记录感想，之后再次抬起头，开始其他话题。

他的词汇表里包含的词语，是从科学、心理学、哲学的措辞中提取出来的。与此同时他避免政治记者、经济学家、心理学家和科学家文章中使用的行话。他使用的科技词汇都带有神秘的、令人激动的传染效果，就像弥尔顿使用异教的上帝之名，带着对他们所显示事物的理智认知，就像一种咒语。

几乎没有可能去重现谈话细节，它们早在二十年前被说的时候，就已经使我感到神秘。我没有认真地听奥登的谈话，当时只是关注他说话的语调、他的手势、他词语背后的态度，直到所有这些都变成了我自己现在正在思考的经验的一部分。我在图书馆看到一本1927年编辑的《牛津诗歌》，里面有他写的前言，显示了他这段时期谈话的内容和风格。下面是节选的片段：

> 存在一种三重问题：（a）自我作为客体和自我作为主体之间的心理学冲突，在自我意识和情感失效中，它是一种特权，他们都来自于试图在个人思想中，使人对经验的综合和分析能够同步。如此呈现出这个世纪的基本发展，即我们的经验是"在思想的自然演变中"。情感不再有必须"在宁静中的回忆"进行分析研究；它在情感上和智力上同时被理解的，这是对诗人最重要的。因为这就是他的思想，它必须忍受矛盾的冲击，并且或许首先意识到了新的和谐，而后者或许暗示同步性的成功。

这段话显示了奥登抽象的思考力。基本上，我认为他对环境的理解几乎总是抽象的。但他把它和创造意象的卓越才能混合在一起，就说明了抽象中包含了具体情境。抽象能力对他不是推论和概括；它们是可以直接理解的经验。他看起来拥有某种感觉，那就是当其他人看日出或爬山时，他的反应是做出抽象的结论。再多读一段他的序言，抽象、庄重的语言突然获得了一种滑稽的、半荒谬的、半严肃的品质：

> 在我们的年轻时代，被我们相信是有价值的那些事情，我们对此是既没有耐心去考虑，也没有实施的能力；我们青春应该是一段精神自律的时期，不应是一段自我辩护的独断时期。对于理智型读者，我们只能够提醒他，他经验的讨厌之处在哪，以至于没有大型的系统——政治的、宗教或是哲学上的——被遗赠给我们；我们也会提醒他，愉悦感从哪里来，以至于它只不过一种微弱的、新型的综合能力的发展——这是作为其中的效果之一，显示出了明显的匮乏。

或许我引用的这些片段比我对他的叙述显示了更多的情感价值的认知。这是真的，并且或许解释了什么在使我困惑，为什么奥登认可了我和我的创作。

确实，我们之间的交往状况被我描述简化了。无疑和我意识到的这些相比，奥登会感受到更多。同样我比我知道的自己要更加聪明。

但我们之间令人惊讶的是差异而非相似。一个不同就是他拥有超越我的完全高级的卓越的天赋，我根本无法挑战他。这个我不需要讨论。

那些有价值的，可以去讨论的地方是我们思想的不同。在他那里，他清楚知道自己的所干之事，他据此批评我的观点。但直到后来我都没意识到我们之间的不同不只在于他聪明和我无知的问题上；我没有意识到我有我自己捍卫的观点，并且我是可以把它们作为理由去反对他的某些观点的。

一个重要的区别就是每个人如何使用记忆。奥登，就像我描述的那样，心中知道很多诗歌。我几乎一首都不知道。这里的区别不仅仅是他拥有良好的记忆，而我没有。而是因为我们对记忆拥有不同的态度。我在心里反对学习诗歌，因为在回忆它们时，我不想在我阅读时采取精确的形式，去一句一句地全部牢记在心。我不想记住词语和诗行，而是要忽略所有诗行去记住一行诗，诗歌感受性，就像它所是的那样，在它们被写出来之前就贯穿其中，并且即使读者忘记了它们的话，在记忆中仍然能够被保存了下来。诗歌因此在我的记忆中具有某种属性，即在其中我可以把词语本身从中分隔出来。我不能完全记住一首诗歌，这种感觉似乎让我更在乎的是诗人的思想，后者就是以思想的方式组织诗歌的，如果要全部记住内容，这种情况就不会发生。同时也正是在这种方式上，我不会再把他写诗的灵感冲动和我自己的联系在一起，因为它不再和词语息息相关，并且属于他的时代和环境的诗歌形式，也不适合我。

奥登和我面对记忆的态度不同，确实，这一点或许是我们全部差异中最重要的区别。因为记忆是创造性天赋的根本。它能够使诗人去接通瞬间的直觉时刻，这时刻被叫作灵感，它携带着他在过去时刻中感受到的种种印象。把瞬间印象和过去联系起来，这种做法能够使诗人在瞬间的时刻，去穿越时代发出共鸣，其所制作出来的音符包含相似的印象，在不同的时期所感受到，并且用明喻的形式彼此连接，所有都具有同时代性。

诗人记忆的品质，还有其使用记忆的方式，是他区别于别人的主要特征。关于记忆有两种主要的分类，一个或许可被称之为表面和有意识的记忆，另一个是隐蔽的、无意识的记忆。表面和有意识的记忆是印象式记忆，当它们被经历的时候已经被作为思想组织进头脑中。隐藏和无意识的记忆是当它们被经历的时候，对印象的记忆没有进行有意识的组织，以至于回忆的时候就像是在重新创造它们或是如同在第一次经历它们一样。

奥登对事物的记忆是表面的。他对每一个瞬间发号施令，对印象进行不可思议的储藏，这些印象被思想生动地记录下来，它们可以用来解释与他们相关的某些论题。我拥有的是隐形的记忆，回忆过去的印象对我来说或多或少是自然而然的过程。因而一些即时的具体的经验隔着过去的深渊呼唤与其相似的经验。

我们最早会面时，当奥登说："诗歌的主题是其谋篇布局的定音鼓。"他已经暗示了我后来不断意识到的，在我们的态度中的另外一个基本的区别。因为我不能接受一种想法，即在现实中诗意的经验能够导致一首诗，之后这种经验就被存留了下来。诗歌发展应该根据它自己的口头需要，它和经验是没有关系的。我的诗歌都是试图尽量可信地去记录那些看起来在现实中能够成诗的经验。无论何时，一首诗如果仅仅为了结束时有个满意的结局，就要和我的经验不相符合，我就会放弃它。比如，我不断地放弃爱情诗歌，因为我感到或许我是夸张的，我没有陈述我的真实感情，或者因为这首诗里描述的人，其行为看起来某种程度上和我的诗歌不一致。

对那些没有了解现代诗歌流派矛盾性的读者来说，看起来好像是我这里试图说的意思和其他人比起来，我自己的诗歌更加真诚。但它是我关于诗意的真实的态度问题中——我应该警告他——最表面的层面。我真正做的就是把我自己从现代诗人在发展哲学、信奉教义、参加流派的这场普遍的运动中逃离出来，这样做不是因为他们在个人经验里已经到达了一个转化阶段，而是因为他们抵达的是写作中的某个点，他们需要神话、信仰或其他外部刺激，使他们超越个人经验的局限。就像作为一位写爱情诗歌的诗人，或许会发现，他出于实现天赋的目的，去发明某个理想的爱人是必要的，所以他们发现在发展的某个阶段，在信念上发明一个信仰是必要的。

> 因此，我高兴于
> 必须组合那些令人高兴的事物。

或许诗人出于诗意的必要性，拥抱了一位爱人或一种信条，或是一种神话，或甚至一场政治运动，他在诗歌中为他自己创造了真理，那真理同时最终也在他的生命中变得是真实的了。他的诗歌反作用于他的生命，以至某种程度上是他的生命失败于领导他的诗歌。他信奉的信仰明显地大有可为，能够决定是否这是一场事件。更重要的是，读者对诗人信仰的真实性上的自信同时也会被读者自己的信仰所影响。对一个天主教徒的读者来说，一首像魏尔伦这样的诗人，他会把天主教的教义引入到其诗歌里，他会发现真理。并且因此关于是否他的生活经验影响了他的诗歌，或是诗歌反馈到了他的生命的必要性这个问题，就会看起来是不相关的了。但叶芝他作为灵知主义者去参加降神会，他涉猎印度和新柏拉图主义哲学家，并且用秘传信仰，建立他具有巨大能量的诗歌结构，产生了问题就是他的大部分思想为了创造诗歌的目的，是否是一种故意的人工组合。而这种做法的结果却是可以收获伟大的诗歌。

所以我陈述我自己的观点，我是正在陈述我的局限，没有宣布说我的诗歌是真诚的。

奥登的生活贡献给了理智的努力，他分析、解释、统治他的环境。我的生活是完全屈服于经验，我不套用预先的理论看法。我无法像他一样，从高处看人们，就好像他们的行为来自于心理模式的一部分，是我可以用我的知识来解释的。对我来说，关于其他人的动机是摸不透的，不可获取和不可解释的，我对它们没有多少兴趣，也不着迷地想了解，我更专注自己的事情。当我试图描写别人，我没有深陷在要用我的知识解释他们的激情中，而是想要探索未知。我对我自己作为一个重要的理智的人没有自信，而是自信我身上有个隐秘和深刻的信仰，即我是能够按经验行动的，并且对他们我能够解释出我自己关于它们的真理。我把对自己的巨大信仰和巨大怀疑联合在一起。我创造出来的事物就是我能够肯定的事物。

在我认识奥登不久之后，我给他看一份手稿，一份心理学文献，我认为他会喜欢。那是我十八岁写的一篇记叙文，时间是在我离开家洛桑市的寄宿学校不久。这是我之前提过和英国男孩 D 的关系的详细叙述。

下一次我去他的房间找他，他说："听着，这是首纯诗。"他用他平淡的，没有感情的声音背诵了它，某种程度上那些词语被读出来时，产生了音乐中的无调效果，下面就是诗行：

> 他的整个生命或许都是对这一时刻的朝圣。或，毋宁说不是他整个生命，也是其中的一部分，被拦腰截断；小小的、封闭的欲望之珠串起了年月中的时光；直到现在，它鬼鬼祟祟地、哭喊地要挣脱出来，

就真的七零八散了。

这些诗行让我心中泛起波澜，有种特别的激动，激动的原因是相认，虽然在奥登的声音里去相认任何事情都是困难的。"谁写的？"我问。"你啊。"他回答说。

现在当我看见自己的创作通过他头脑被转换了，我感觉到高兴和安慰，那是一位作家很少碰到的事情。文字就像是一种舞蹈；生命显示在光泽的纸页上。他们看起来能够被思想的眼睛所触摸，就像栅栏上的枝条套圈。带着他的面颊上温暖血液的感觉，作家知道自己会有一个被公正地对待的时刻。

第二天我们去野餐，奥登告诉我现在他对我的创作改变了想法。我不应该写诗，而是应该写自传体的散文故事。

他的平足走起路来很快，点着头，手臂和腿笨拙地摇来摇去。他曾经被一位医生忠告说他必须尽可能地少走路，听到后他立刻开始了一场三十公里的徒步。他有种理论，即，身体是受控于大脑的。他会把头痛、感冒、喉咙疼痛都解释为，我们现在称之为"身心失调"这个术语。

我们来到开阔的郊区，穿过田野，爬上山坡，那里我们打开午餐盒，在草地上开始吃起来。奥登谈论"诗人"。"在革命中，诗人仰面躺在屋顶，用诗行对他最好的，在另一边屋顶的朋友扫射。当然，在心里，诗人对敌人总是怀着同情的。"他又阴郁地说。"……谈恋爱时，诗人总是希望他的情人死去。他想的最多的是他要写的诗歌，而不是情人……"悲剧，那些最伟大的作品，总会让人心生笑意；"进入李尔和奥德赛的死亡在他的手臂里，李尔说：咆哮，咆哮，咆哮！"或是《战争与和平》里的场景，皮埃尔冲进起火的大楼去救婴儿，这个婴儿转身咬了他。

奥登告诉我，我应该放弃做"雪莱的替身"。"诗人更应该学习大众，而不是雪莱和济慈，他应该把头发剪短了，穿护脚，戴圆顶礼帽和有条纹的城市西装。他应该乘坐市郊火车去银行工作。"

诸如此类的话……一个年轻作家给另一个作家发表一通这样的演讲，带着半真半假，半玩笑和半严肃，仁慈又恶意的情感，它们组成了圈子中的秘密语言。他们是从文学运动中制作出来的女巫的啤酒。

这个谈话发生在一个晴朗的夏日。它是我们关系中最英国化的一天，一直在我的脑海中保存着。在我们野餐的山坡上，能看见大片的起伏的田野。纪念碑似的树木像是古老的、厚重的、坚固的城墙，它们枝叶繁茂，一个个挺拔地生长在绿色的玉米地和褐色的树篱中间。岛屿上空的阳光，层层叠叠地覆盖在风景之上，看起来在今天这样的一天里，已经被原封不动地保存几个世纪了，现在高高的田野上躺着两个大学生，他们谈论着诗歌，就像在维多利亚时代也可能有人这么做一样。

假期的时候奥登来我们在弗洛格纳尔的家里。他和贝艾拉相处不是很和谐，但凯瑟琳和他彼此很友好。我进一步了解了他，但我们的关系从未再出现我上面刚刚描述过的那种坦诚相待的感觉。我们的友谊没有进一步发展，一方面是因为我自己怀有危险的崇拜，这使我总是处在门徒的位置上。一方面也是因为我把他看作是一个公共的表演者，我把他拉入我的家里，我必须永远地为他鼓掌。当他高兴的时候——很多时候都是这样——我笑到歇斯底里。当他阴郁不安时，我也心慌，没有信心。对我来说，当我们在一起时，如果奥登哪一刻没有受到重视，一些可怕的事情一定会发生。

这时候的奥登有着狂热的爱好。他极其迷恋食物，总是喜欢拿手杖，甚至戴单片眼镜。如果一切都没有顺应他的意思，他会暴跳如雷。总的来说他统治他周围的人，他要人们符合他的幻想，但他对主人脾气很好。他不机智。他的幽默像是来自滑稽剧演员，部分是对自我进行嘲笑。我有一张灰泥似的脸，他说："我应该是个国王。或是我天生是个恶人。"他抽烟、吃饭、喝茶，胃口很大。

我工作时总是很难集中注意力。奥登常常把我关进房间，吩咐我写作。他对那些使我受益的事情的看法过于简单化。一天我说我感到烦闷，他回答说：你没有理由不高兴，你有足够的钱，你有天赋，你在恋爱。这对当时来说的我是恰当的评论。我相信他说得没错。但现在 20 年后，我能够理解二十岁的自己所拥有的那些岁月里，我如此不开心是因为那时我没有理解不幸的真正含义，我只是有着一种不快乐的情绪，我没有永久的身体病痛，没有经济或心理上的其他原因。

斯彭德

奥登（左一）与斯彭德（右一）在一起

perspective

全球诗歌动态

英国当代诗歌杂志介绍

梁余晶 撰文

由于人口因素,在英语国家中,英国的文学杂志数量远多于加拿大与澳大利亚,仅次于美国。在英语中,"文学"与"小"基本上可以划等号,"文学杂志"(literary magazine)又叫"小杂志"(small magazine),即此类杂志通常发行量都不大,只在文学圈子里流通,自然比不上卖房、烹饪、时尚杂志,但其重要性却一点也不小。没有了"小杂志",先锋文学与纯文学就没有容身之所,文学也就失去了其最直接的载体。英国诗歌杂志数量众多,分为纯诗刊与综合性文学杂志,这里着重介绍十家纯诗刊。

1.《诗歌评论》(The Poetry Review)

英国诗歌协会会刊《诗歌评论》是最具影响力的头牌,也是发行量最大的诗刊,一年四期,定期寄给每位诗歌协会会员。英国诗歌协会会员和中国作协会员不同,后者有资格审查,前者没有,是个服务机构。全世界任何诗歌爱好者,只要交了会费,就可成为会员,享受其服务。《诗歌评论》1912年创刊,与同年创刊的美国《诗》(Poetry)为姊妹刊物,各自为英美诗刊代表。两刊办刊宗旨迥异,《诗歌评论》致力于把诗歌向大众推广,而《诗》从一开始坚持精英化路线。尽管如此,两刊还是有不少合作,如每年某一期都会刊登一部分对方的诗,算是英美诗刊的一项重要交流。

2.《伦敦诗歌》(Poetry London)

1988年创刊的《伦敦诗歌》是诗刊中的新贵,一年三期,尽管时间不长,却积累了很高声望,已成为英国最有名的诗刊之一。该刊另一个特点是走国际化路线,每期都包含一定数量的译诗。正如该刊网站宣称,"伦敦"之于《伦敦诗歌》就像"纽约"之于《纽约客》,并非只刊发属于伦敦的诗歌,而是集中了来自全世界的优秀作品,包括译诗。

3.《诗歌国家评论》(PN Review)

第三家重要诗刊是1973年创刊的《诗歌国家评论》,PN是Poetry Nation的首字母,由曼彻斯特金项圈出版社(Carcanet Press)出版,A4版面,双月刊。值得一提的是,金项圈是英国最著名的诗歌出版社之一,与血斧(Bloodaxe)出版社齐名,每年出版不少高质量的诗集与译诗集,成为业界标杆,《诗歌国家评论》自然也是最大牌的诗刊之一。

4.《议程》(Agenda)

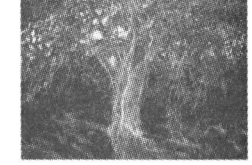

1959年创刊、位于伦敦的《议程》(Agenda)也享有极高声誉,此刊和诗人庞德有点关系。创刊人威廉·库克森(William Cookson)1958年在意大利会见庞德,讨论了办刊的问题,随即于次年创办《议程》,成为一份重要诗刊,目前主编是帕特里夏·麦卡锡(Patricia McCarthy)。

Testaments

5.《威尔士诗歌》(Poetry Wales)

《威尔士诗歌》1965年创刊,一年三期,也是一份名声很大的诗刊。这名字让人误以为是个地区性诗刊,实际上他们发表不少译诗,办刊思想比较开放,不足之处是审稿有点慢。

6.《牛津诗歌》(Oxford Poetry)

英国有一点和美国不同,即英国的大学对办文学刊物兴趣不大,不像美国,每所大学都有自己的文学刊物,甚至包括社区大学。在这种环境下,《牛津诗歌》显得有点特别。该刊1910年创刊,属于牛津莫德林学院,最初是牛津大学内部刊物,奥登与阿·赫胥黎都曾是编辑,从1980年代起开始接受外界稿件,成为一本正式的面向社会的诗刊。

7.《现代译诗》(Modern Poetry in Translation)

牛津可算英国唯一有点诗意的学校,除了《牛津诗歌》外,还有发表诗歌翻译的《现代译诗》(Modern Poetry in Translation),属于牛津大学王后学院,1965年由泰德·休斯(Ted Hughes)与丹尼尔·威思伯特(Daniel Weissbort)创办,但休斯编了一期后就甩手不干了,威思伯特将刊物坚持办了下来,他本人也是著名的英语文学翻译。该刊最初译介"铁幕之后"的东欧诗歌,后来渐渐扩大到世界诗歌,成为英语世界最重要的译诗刊物,也是英国诗坛了解世界的窗口,被《卫报》称为"休斯对英国诗歌的最大贡献"。

8.《交易所》(The Rialto)

《交易所》1984年创刊,一年三期,刊名来自莎士比亚《威尼斯商人》中的一句台词:"交易所里又有什么消息了?"(Now what news on the Rialto?)作为一份纯诗刊,《交易所》在英国诗坛还是很有分量的。英国桂冠诗人卡罗尔·安·达菲曾说《交易所》"就是最好的",谢默斯·希尼也称其为"一本极好的杂志"。

9.《熔岩诗歌》(Magma Poetry)

位于伦敦的《熔岩诗歌》则提供了另一种编辑诗刊的方式,一年三期,每期换一名客座编辑,即每期的编辑人选都不一样。每期都围绕着一个主题选诗,目前正在征稿的主题是"欧洲",近期出版过的主题包括"边缘""骨头与呼吸""喜剧""革命""危险""对话"等。通过每期换编辑,每期换主题的方式,这份诗刊总是呈现出新的活力与面貌,正方形的设计也为文学刊物市场带来了新鲜感。

10.《敏锐》(Acumen)

《敏锐》1985年创刊,一年三期,拥有不少读者,这也是一份我个人比较尊敬的刊物。主编帕特里夏·奥克斯利(Patricia Oxley)以八十高龄独立撑起一份有影响的诗刊,一办30年,实在难得。况且她本人并非诗人,只是个爱诗者,却因为《敏锐》被授予了诗歌贡献奖。著名诗人威廉·奥克斯利(William Oxley)是她丈夫,也是她办刊的帮手。《敏锐》每一期都会有专门的译诗栏目,本人在此发稿多多,数名中国年轻诗人都通过这本诗刊亮相英国,自当感谢主编。

除了纯诗刊外,英国还有数量众多的综合性文学刊物,也是诗歌发表的

重要渠道。这些刊物往往比纯诗刊名声更大，读者面更广，最著名的当数《泰晤士报文学副刊》（*The Times Literary Supplement*）与《格兰塔》（*Granta*）。还有一些号称特别古老的刊物（说"号称"，是因为这些刊物曾数次中断，只是沿用原名，并非原班人马的传承），如1732年创刊的《伦敦杂志》（*The London Magazine*）与1755年创刊的《爱丁堡评论》（*Edinburgh Review*）。前者曾是19世纪浪漫主义诗歌的大本营，华兹华斯与雪莱都发表过不少诗作；后者，则让人想起拜伦的讽刺长诗《英格兰诗人与苏格兰评论家》，正是拜伦首部诗集受到《爱丁堡评论》的恶评后，愤怒中写下的反击之作。谁能想到，拜伦死后近两百年，当年和他吵架的《爱丁堡评论》还在呢？

附录：译作者

伊沙

原名吴文健，诗人，作家，翻译家，现于西安外国语大学中文学院任教。出版著、译、编 60 余部作品。曾获御鼎诗歌奖、21 世纪中国诗歌"十年成就奖"等多种奖项。曾应邀出席荷兰第 38 届鹿特丹国际诗歌节、英国第 20 届奥尔德堡国家诗歌节、马其顿第 50 届斯特鲁加国际诗歌节等交流活动。

老 G

原名葛明霞，翻译家。与丈夫伊沙合译并出版有《当你老了——世界名诗 100 首新译》《生如夏花，死如秋叶：泰戈尔名作精选》《我知道怎样去爱：阿赫玛托娃诗选》《布考斯基诗选：背靠酒桶》等著作。

王子瓜

1994 年生于江苏徐州，复旦大学中文系现当代文学专业 2016 级硕士研究生。复旦诗社第三十九任社长，曾获光华诗歌奖（2015）、重唱诗歌奖（2014，2016）、樱花诗歌奖（2013）、邯郸诗歌奖（2016），并于 2014 年夏入选第七届"中国·星星大学生诗歌夏令营"。诗作、译作、评论散见于《诗刊》《星星诗刊》《诗林》《飞地》《上海文化》《复旦诗选》等刊物、合集，主编复旦"七号楼青年诗丛"，与诗人肖水、徐萧合编诗集《复旦诗选 2016》。辑有个人诗集《局内人》（2014）、《往事的发条》（2015）、《裁心机》（2016）。

张曙光

1956 年生于黑龙江省望奎县，20 世纪 70 年代末开始写诗，追求硬朗坚实的诗风。著有诗集《小丑的花格外衣》《午后的降雪》《一间闹鬼的房子等》，译诗集《切·米沃什诗选》及《神曲》。

远洋

中国作家协会会员。翻译诺贝尔文学奖、普利策诗歌奖、艾略特诗歌奖诗集 20 多部。译诗集《夜舞——西尔维娅·普拉斯诗选》《重建伊甸园——莎朗·奥兹诗选》等。

黄灿然

1963 年生,福建泉州人,1978 年移居香港。1990 年至 2014 年为香港《大公报》国际新闻翻译,现居深圳洞背村。著有诗选集《游泳池畔的冥想》《我的灵魂》《奇迹集》《发现集》等;评论集《必要的角度》《在两大传统的阴影下》;近期译著有布罗茨基《小于一》和《曼德尔施塔姆诗选》等。最新译著包括《一只狼在放哨:阿巴斯诗集》、费林盖蒂《心灵的科尼岛》《布莱希特诗选》和爱尔兰诗人希尼的文论和诗选。

树才

1965 年生于浙江奉化。1987 年毕业于北京外国语学院法语系。1990 至 1994 年在中国驻塞内加尔使馆任外交官。2000 年调入中国社会科学院外国文学研究所,任副研究员。著有诗集《单独者》、随笔集《窥》等。译著有《勒韦尔迪诗选》《夏尔诗选》《博纳富瓦诗选》等。2008 年获法国政府颁发的"教育骑士"勋章。现居北京。

胡桑

1981 年生于浙江省德清县。2007—2008 年任教于泰国宋卡王子大学。2012—2013 年在德国波恩大学任访问学者。2014 年毕业于同济大学哲学系,获哲学博士学位。著有诗集《赋形者》(2014)。诗学论文集《隔渊望着人们》(2016)。译著有《我曾这样寂寞生活:辛波斯卡诗选》(2014)、《染匠之手》(奥登散文集)、《旧金山海湾幻景》(米沃什散文集)等。2015 年参加"太平洋国际诗歌节"(中国台北花莲)。现任教于同济大学中文系,诗学研究中心副主任,比较文学与世界文学专业硕士生导师。

申舶良

策展人,写作者。生于 1984 年,2010 至 2013 年任"ARTINFO 艺讯中国"资深编辑 / 记者;2011 年参加光州双年展国际策展人课程;2012 年任第 9 届上海双年展"艺术写作 / 媒体工作坊"项目召集人;2014 至 2016 年在纽约大学博物馆学系攻读硕士学位,研究现当代艺术展览史。曾在韩国光州美术馆、OCAT 深圳馆、纽约 inCube Arts 艺术机构、北京尤伦斯当代艺术中心(UCCA)策划展览,文章见于 ARTINFO 艺讯中国、《外滩画报》《艺术论坛》《艺术界 Leap》《Flash Art》等。

陈黎

1954 年生,台湾师大英语系毕业。著有诗集、散文集、音乐评介集等二十余种。曾获台湾文艺奖、吴三连文艺奖、时报文学奖推荐奖、叙事诗首奖、新诗首奖,联合报文学奖新诗首奖、台湾文学奖新诗金典奖、梁实秋文学奖翻译奖等。2005 年获选"台湾当代十大诗人"。2012 年获邀代表中国台湾参加伦敦奥林匹克诗歌节。2014 年受邀参加美国爱荷华大学"国际写作计划"。2015 年受邀参加雅典世界诗歌节、新加坡作家节及香港国际诗歌之夜。2016 年受邀参加法国"诗人之春"。

张芬龄

台湾师大英语系毕业。著有《现代诗启示录》,与陈黎合译有《万物静默如谜:辛波斯卡诗选》、聂鲁达《二十首情诗和一首绝望的歌》《疑问集》《精灵:普拉丝诗集》《帕斯诗选》《拉丁美洲现代诗选》《世界当代诗抄》《当代美国诗双璧:罗伯特·哈斯 / 布兰达·希尔曼诗选》等二十余种。曾获林荣三文学奖散文奖、小品文奖,并多次获梁实秋文学奖翻译奖。

李以亮

1966 年生人。写作诗歌、随笔,兼及欧美诗歌翻译。作品散见各相关专业期刊,出版有诗集《逆行》、译集《无止境》《捍卫热情》等。现居武汉。

马永波

1964 年生于黑龙江伊春。当代诗人,学者,翻译家,文艺学博士后。1986 年起发表评论、翻译及文学作品。出版著译《1940年后的美国诗歌》《1950年后的美国诗歌》《1970年后的美国诗歌》《英国当代诗选》《约翰·阿什贝利诗选》《词语中的旅行》《诗人眼中的画家》等60余部。现任教于南京理工大学，主要学术方向：中西现代诗学、后现代文艺思潮、生态批评。

梁小曼

诗人、译者。罗伯特·波拉尼奥诗歌最早的中文译者；2013年度香港国际诗歌节的西班牙语诗翻译之一。

车邻

一半码农一半诗人，山西榆社籍，在京主要从事PHP大型网站开发，服务器维护，有诗合集《在彼此身上创造悬崖》，译有《拉塞尔·埃德森散文诗选》和《谢尔·希尔弗斯坦童诗》等。

李栋

毕业于美国深泉学院及布朗大学创意写作专业硕士，曾执教于美国布朗大学和科尔盖特文理学院。获国际笔会翻译奖金，获德意志交流中心等基金支持多次访学欧洲。

梁余晶

中英双语诗人，文学翻译，现为新西兰惠灵顿维多利亚大学博士生。英文诗歌及翻译散见英、美、澳、加、新等国60余种文学刊物及选本，中文诗歌入选《新世纪诗典》，英文译作入选英国《现代译诗》五十年精选集，出版英译中尼采《善与恶的彼岸》（合译）、《2014新西兰最佳诗选》、中译英《孔雀东南飞：汉朝诗选》（合译）、《零距离：中国新诗选》。

二人

南方人，新北漂，现谋生于某国企。酷喜文字，爱倒腾，推崇诗歌、小说、剧本，鄙视散文、游记、杂文。喜欢翻译，窃以为翻译是拓展诗歌可能性的重要形式。

夏超

1989 年生于江苏徐州，写诗、小说、爱摄影，曾获未名诗歌奖，译有赫伯特、波帕、马兹洛夫等人的诗作若干。

连晗生

诗人，生于 1972 年。诗作发表于《诗林》和《中国诗歌评论》等刊物，著有《暮色》和《露台》等诗集，译有米沃什、史蒂文斯、洛厄尔及乔治·西尔泰什等诗人作品，现任教于广州科技贸易职业学院。

陈家坪

陈家坪，原名陈勇，诗人、批评家、纪录片导演。1970 年生于重庆长寿县。2011 年出版诗集《吊水浒》，2014 年与友人发起成立北京青年诗会，主编《桥与门：北京青年诗会诗人访谈》《在彼此身上创造悬崖——北京青年诗会诗选》。现居北京。

崔岳峰

英国皇家摄影协会 (RPS) 会员，常居英国伦敦，毕业于伦敦帝国理工学院航空系博士，4 年前开始独立摄影师生涯，专注于世界各地纪实类摄影。

宋琳

著有诗集《城市人》（合集）《门厅》《断片与骊歌》（汉法双语）《城墙与落日》（汉法双语）《告诉云彩》《雪夜访戴》《口信》等；随笔集《对移动冰川的不断接近》《俄尔甫斯回头》；编有中国当代诗选《空白练习曲》（合作）。曾获得鹿特丹国际诗歌节奖、《上海文学》奖、东荡子诗歌奖、2016 年度十大好诗奖等。

傅浩

中国社会科学院外国文学研究所研究员、博士研究生导师、中国作家协会会员。译有《20 世纪英国诗选》《徐志摩作品选》（英译汉）《阿摩卢百咏》（梵译汉）等。

奥克塔维奥·帕斯

墨西哥诗人、散文家。生于墨西哥城。帕斯的创作融合了拉美本土文化及西班牙语系的文学传统，继承欧洲现代主义的形而上追索以及用语言创造自由境界的信念。1990年由于"他的作品充满激情，视野开阔，渗透着感悟的智慧并体现了完美的人道主义"而获得诺贝尔文学奖。

陈东飚

毕业于华东师范大学，20世纪90年代以来翻译的文学与人文著作有纳博科夫《说吧，记忆》《博尔赫斯诗选》、埃利·威塞尔《一个犹太人在今天》、叶芝《日记》、艾兹拉·庞德《阅读ABC》《华莱士·史蒂文斯诗选》《巴塞尔姆的60个故事》《巴塞尔姆的40个故事》，并在《今天》等海内外文学杂志发表《当代印度诗选》《保罗·穆尔顿诗选》《C.D.赖特诗选》等，现居上海。

萧轶

青年学者，混迹帝都。

王东东

1983年3月生于河南杞县，现任职于河南师范大学，并任该校华语诗歌研究中心执行主任。有诗集《空椅子》（Red Hen Press, 2013）、《云》（阳光出版社，2015）。《1940年代的诗歌与民主》（台湾"国立政治大学"出版社，2016年）获2014年北京大学优秀博士学位论文奖、台湾第四届人文社科思源奖文学类首奖。

斯蒂芬·斯彭德

爵士、英国作家。20世纪30年代，与戴·刘易斯、威斯坦·休·奥登和路易斯·麦克尼斯同属马克思主义诗人。这一时期的作品关注社会问题，运用能够反映现代文明机械化性质的意象。与同一派别的其他成员相比，这些作品更注重表达个人的情感。后期的诗作则带有更为浓重的主观色彩。斯彭德还是一位声望很高的评论家。

叶美

生于齐齐哈尔泰来县,曾获北大未名诗歌奖,印有诗集《蝴蝶的肖像》,同时从事英语诗人文论和诗歌作品的翻译工作,译有奥登、米沃什、海伦·文德勒等人的文论,与人合译《非洲诗选:这里不平静》,著有诗集《周年》,翻译米沃什的《伊萨古》、斯彭德的《世界中的世界》。

高远

1997年12月生。高二开始写小说,有长篇《旅途的另一面》、中篇《优雅名字》以及一些小短篇。诗和画发表在《抵达》《贝壳》等杂志上。2016年《中国诗人生日大典》中收录了他的组诗《云》。2016年8月参加《青龙胡同肖像》城市公共艺术展。